日 高 川

早乙女 伸

東京図書出版

目次

日高川

第一章　洋子との出会い

和歌山県のほぼ中央部を流れる日高川は、和歌山県と奈良県の県境にある、紀州の屋根と呼ばれている標高一、三七〇メートルの護摩壇山《ごまだんざん》が源流地であり、そこから東から西へ延々と一二〇キロ余り、河川は岩を削り、山を巡り、滝となり、淵となって流れ、日高山郡の龍神村や美山村、それに、中津川や川辺町などを潤し、河口にある御坊市を経て紀伊水道に注がれている。

その流域は中世代の日高累層からなり、谷頭斜面などには杉や檜など人工林により日高林業地域を形成し、上流には中里介山の『大菩薩峠』で天下に知られた龍神温泉があり、下流域には歌舞伎でもお馴染みの道成寺がある。

この日高川は急流でありながら、上流から下流域にある御坊市付近までの区間は、凡そ十数回にも及ぶ急激な湾曲を繰り返し、非常に蛇行《だこう》指数の高い河川であった。

しかも、その上流地帯は、わが国でも有数の最多雨地帯であるにも拘わらず、戦争の為に植林作業は捗《はかど》らず、山林の面積も広大であることから、ひとたび雨が降り続けば、その雨水はどっと河川へ流れ込み、地域的にも水害を受け易い状態にあった。

特に、終戦から八年経った昭和二十八年七月十七日、西日本を襲った台風は悲惨極《きわ》まりないもので、和歌山県だけでも、死者及び行方不明者が千十五名、それに、家屋の全壊及び家屋の流出が七千百九十五戸もあり、県下耕作地の半分が冠水したのである。

このようにして、和歌山県は甚大なる被害を受けたが、この日高川とて御多分にもれず、予想を遥かに超える増水の為に、河川の水嵩《かさ》は次第に増し、流水の勢いは激しく、遂には蛇行している付近の堤防が、それは無残な姿で決壊していったのである。

その結果として、日高川流域に生活している住民たちは、空前の大洪水を被《こうむ》ったのである。

それから数か月が経ち、大洪水の復旧工事が実施されたが、翌年の昭和二十九年の春までには、農地を復旧させることが至上命令であったから、それは突貫工事に近い状態で作業をしていた。

その突貫工事とは、堤防の決壊時に大量の土砂は農地に流れ込んだが、その土砂を河川敷内へ運び出す作業と築堤工事であった。

山本正男がブルドーザーのオペレーター（運転手）として、この日高川工事現場へ出張して来たのは、突貫工事も最後の追い込みに入る、昭和二十九年の爽《さわ》やかな若葉が薫《かお》る四月の下旬の頃であった。

正男は今年の春、都内の某高等学校を卒業すると、土木工事を主体に請け負う東京国土開発へ就職し、約三週間の養成期間を経て、この和歌山県の日高川工事現場へ勤務するようになった。

この日高川工事現場には、東京国土開発からはスクレーパー付き大型ブルドーザーが三台、パワーショベル一台の計四台の土木用重機が配備され、それのオペレーターは、一台に付きチーフとサブの二名ずつ配属されるため、全員では八名の職員が勤務していた。

一方、当時の日本の国土は、長い戦争の為に改修箇所が到るところにあったが、ブルドーザーの台数も少なく、非常に高価であったのである。以上の理由から、その重機を所有している会社となると、全国でも数社くらいしかなかったから、河川工事を請け負った元請け業者は、ブルドーザーを所有している会社から、オペレーター付きという条件で賃貸契約を結び、土木工事を実施していた。

それ故に、元請け業者側は、その重機の燃料代から、オイルやグルスなど一切の油脂類、並びに、オペレーターの宿泊施設から食事に到るまで、すべてを負担していたのである。

しかし、宿泊施設といっても、それは名ばかりのものであって、農家の納屋のほんの一部を改造したものに過ぎず、板を並べた低い床の上に、約二十畳分ほどの畳が敷いてある程度であった。

斯《か》くして、その日の夜は飯場の食堂内で、他の現場へ転勤して行く先輩の田中氏と、その交代要員として配属された、新入りの正男との二人の為に歓送迎会が行われ、夜が更けるのを忘れるほど飲み明かしていた。

その翌日の勤務からは、正男は直ぐにも一人前のブルドーザーのオペレーター要員として、作業に従事しなければならなかったが、最初の頃はかなりの戸惑いもあり、チーフからは手取り足取り、叱られながらの指導を受けていた。

それに、ブルドーザーの運転には一台に付き、チーフとサブの二名が交替で運転するものの、その勤務は、戦争中に言われたような、〝月月火水木金金〟の強硬スケジュールであり、しかも、どんなに雨が降ろうが、どんなに風が吹こうが、朝は五時から始まり、夜は十時頃までライトを点灯しての突貫工事であったから、精神的にも肉体的にも、相当に厳しい仕事漬けの毎日であった。

それでも、月日が経つのは早いもので、正男がこの工事現場へ来てから、はや一か月が過ぎようとしていた。その頃になると、正男の運転技術はめきめき上達し、それは恰《あたか》も自分の手足のように、変幻自在に操作ができるようになり、少しずつではあるが、日々の生活にも慣れるようになり、余裕さえ持つようになっていた。

正男は、この工事現場に着任して以来、前任者からの申し送りもあり、やらねばならない役目があった。正男は八人の職員の中では一番に年が若く、それに、未熟者の新入りであったから、細々とした雑用の仕事は勿論のこと、この現場から約二キロほど離れた川向こうまで、五日に一回くらいの割合で、酒やビールや酒の摘み物などの、買い物に行かなければならなかった。

しかし、その行為そのものは、正男にとっては大いに歓迎すべき役目でもあった。その理由は嫌な先輩たちから離れられる唯一の息抜きのできる絶好の機会であったからであり、その日が来るのを首を長くして、待ち焦がれるくらいであったのである。

それが今日、正男は川向こうのお店へ、飲み物や酒の摘み物などを買いに行く日であった。

ところが、正男は何回か買い物を続けるうちに、元請け会社である明和建設へ勤めている、正男とはほぼ同じ年くらいの可憐な女性に、その途上で時折会うようになり、いつしか好意を寄せ合うような、そんな仲になっていたのである。それは今から五日前の日のことであった。

正男は渡し船から下船する際に、会釈しながら、

「松本さん、お疲れさま」

と一言声を掛けた。

すると、その女性は自分の名前を呼ばれたことに驚き、顔を赤らめ恥じらいながら、

「お疲れさまです。これからお買いものですか？」

という返事が返ってきたのである。

このとき正男は、その女性からの思いも寄らぬ言葉に、嬉しくて一瞬とび跳ねたいよう

な衝動に駆られた。

それというのは、これまでの正男は、その女性が事務所内で働いている姿をそっと窓越しに見るだけであって、恥ずかしいのと周りの人たちに気遣い、言葉すら掛けたことがなかったからである。

このようにして、正男は今から五日前のことを思い浮かべながら、今日も逢えるかなあ……という、僅かな期待を抱きながら、日高川の河岸にある松瀬の渡し場までやってきたが、その女性の姿など何処にも見当たらなかった。

正男はその場に呆然《ぼうぜん》と佇《たたず》み、自分が歩いて来た後方を何回も何回も振り返り、その女性が現れるのを待ち続けていた。しかし、正男が幾ら待っても遂に女性の姿は現れず、断念せざるを得なかったのである。

そうかといって、正男のような見ず知らずの者が、周囲の人たちに尋ねるわけにもいかず、それに、他人に知られたくないことでもあった。

その時に、船頭はキセルの煙草の灰を落としながら、こっちの方を向いて、

「さあ、それでは舟を出しますよ！」

と声を掛けた。正男は我に返ったように、河岸の方へ早足に進めると、数人の村人たちと一緒に小舟に乗り込んだ。

小舟はゆっくり岸を離れると、正男はその舟の上で、今歩いて来た遥か遠方を見ていた

が、女性の姿は遂に現れなかった。

やがて、小舟は向こう岸に着くと、正男は一緒に乗った村人たちと順に下船し、雨あがりの急な坂道を、足をつるつると滑らせながら、ひとり離れて足早に登っていった。すると、後方から来る村人たちは正男の足に追いつけず、かなり離れてしまい、遂に見失ってしまった。

日が暮れた遠くの山々には、まるで薄いベールの布を覆っているような、仄《ほの》かな霞《かすみ》がぼんやりと棚引いていた。そして、遥か遠くの山々からは、日が暮れたのを悲嘆しているかのように「ボオー、ボオー」という、山鳩の寂しそうな鳴き声が聞こえてきた。

このとき正男が進む遥か前方に、腰をくの字にして屈み込んでいる一人の女性の姿が、彼の目に入った。正男は小走りに駆け寄り、その場に近づくと、その女性に気遣いながら、

「どうかしましたか？」

と声をかけた。

「……」

その女性は、頭上から言葉をかけた見知らぬ男性の声に驚いたのか、身じろぎながら、尚も身体を丸くして屈み込み、声すら出さなかった。

その後、その女性は恐る恐る顔を上げると、見覚えのある正男の顔に安堵したのか、やっと警戒心を解き、今にも泣き出しそうな苦痛な表情で、

「この坂道で足を滑らせ、そこの窪地に落ちてしまったんや。それでどうも、その時に足を捻《ねじ》ってしまったらしいの。それで痛うて痛うて歩けのうなり、うち一人じゃあ、どうにもならんで、困っているところなんや」

とその窪《くぼ》んでいる溝のあたりを指差しながら訴えた。

正男を見上げた女性のいたいけな顔は、何ともいじらしく哀れであり、正男は何とかして遣りたい衝動に駆られていた。それに、この女性こそ紛れもなく、彼が心密かに恋い焦がれていた、あの松本洋子であったのである。

正男は洋子の足元に屈み込み、彼女のほっそりした右足をよくよく見ると、その右足首の関節のあたりが青く腫《は》れ上がっていた。

正男がその腫れ上がったところを軽く撫でると、洋子は「痛い！」と言って、苦痛の声をあげた。

「あっごめん、ごめん。多分、捻挫をしていますよ。骨にひびでも入っていなければ良いんだけれど」

正男は顔色をくもらせながら、洋子の気持ちを打診するようにして、そっと気遣いながら話しかけた。

数人の村人たちが正男たち二人の直ぐ前まで近寄って来たが、彼等は二人の不穏の状態を確認すると、その後は何も声を掛けずに、そのまま素知らぬ振りをして立ち去っていった。

このとき正男は、村人たちが何故なにも声を掛けずに立ち去ったのか、疑問すら抱かなかったが、洋子の身の上が何となく哀れに思えてならなかった。

「どうでしょうか。僕で宜しかったら、あなたの家まで送りましょうか？」

正男は深厚を籠《こ》めて言うと、さっと洋子の前に背を向け、いつでも背負えるように、腰をくの字に曲げ、低い姿勢になったのである。

すると、洋子は正男の素早い動作に戸惑ったのか、一瞬身体を後退させながら、

「もう少し落ち着けば、多分、歩けるようになるきに、この儘もうしばらく、ここで様子を見ますから、お先に行っててくれまへんか」

と言って、正男の親切な行為を拒んだ。

洋子本人の立場になって考えれば、それも判らないわけでもなかった。同じ年頃の他人の男性の肩の背にいる自分の姿は何とも恥ずかしく、洋子の良心の呵責《かしゃく》が、それを許さなかったに違いない。それ故に、洋子はその場から立ち上がろうとせず、尚一層深く屈み込んでしまったのである。

「そんな足の挫《くじ》いた状態で、歩けるようになるまで待っていたら、こんなところで野宿になってしまいますよ。さあ早く早く、僕の肩におぶさって下さい」

正男は洋子を急き立てるようにして言うと、彼女の身体を抱き起こし、有無を言わせず

強引なまでに背負ってしまうと、洋子は遂に観念したのか、素直な気持ちになり、

「どうも、すんまへん」

と申し訳なさそうに、ひとこと礼を述べた。

正男は洋子を肩に背負うと、背筋を真っ直ぐに伸ばし、しっかりした足取りで歩き出した。すると、洋子は覚悟を決めたのか、すっかり従順になり、

「あなた様の親切なご厚意に、遠慮なく甘えさせて頂きますわ。それじゃあ、誠にすんまへんが、伊勢屋さんの前のバス停までお願い致します」

と正男の強引なまでの行為を素直に受け入れた。

「そりゃあ、ちょうど良かった。実を言うと、僕もその伊勢屋さんへ、飲み物などを買いに行くところだったのですよ」

正男は背負っている洋子に、買い物に来た理由の話をしながら、店へ行くまでの緩やかな坂道を、足を踏み締めるようにして、一歩一歩進めていた。

洋子のしっとりした柔軟な身体は、正男にとっては不思議なまでの超力が働き、彼女の体重感など忘れさせるものがあった。

洋子のふっくらした丸い胸は正男の堅い背中にぴったりと密着し、二人の心の中には熱いものが流れ、やがては、愛の世界に陶酔《とうすい》していくような、そんな夢心地になっていた。

このようにして、若い者同士の肌と肌との触れ合いは、言葉で語り合うよりも、もっと

結び付きが強く、お互いが好意を寄せ合い、二人の心の絆をより一層固いものにしていた。

だが逆に気持ちは堅くなり、思うように言葉が出ず、二人は何も語ろうとせずに暫くは寡黙の時間が流れたのである。

斯くして、話を切り出したのは正男の方だった。

「僕は山本正男、年齢は十八歳です。今年の三月に、都内にある普通高校を卒業すると、同じ都内に本社を持つ東京国土開発へ就職しました。

そして、今回は社命により四月の下旬の頃、ここの日高川工事現場へ着任し、ブルドーザーのオペレーターとして勤務しております。今後ともどうぞ宜しくお願い致します」

このようにして、正男は自分が単にブルドーザーの運転手であることさえ、包み隠さずに自己紹介をすると、彼の背中でじっと聞き入っていた洋子は、それに続くようにして自己紹介を始めた。

「うちは松本洋子、年齢はあなたと同じ十八歳です。この春、地元の女子高校を卒業すると、直ちに明和建設に採用され、あなたもご承知の通り、ここの現場事務員として勤務しています。うちらこそ、どうぞよろしゅう、お願い致します」

洋子の話し方は遠慮がちの低い声であったが、どことなく親しみのある穏やかな声であった。

「洋子ちゃんは僕と同じ年なのに、気持ちがしっかりしているから、僕よりも一つか二つくらい年上かと思ったよ」

「正男ちゃんから、そんな風に褒《ほ》められると、うちちょっと恥ずかしいわ。うち阿呆《あほう》なところがあるさかい、こんな場所で足を捻挫《ねんざ》してしまったんよ」

洋子は余りにも不注意であった、軽率な行為を後悔しているのか、自分自身を厳しく卑下《ひげ》していた。

「足を捻挫したのは、雨上がりの薄暗い道だったから仕方がなかったのさ。今回の場合には、洋子ちゃんは偶然に運が悪かっただけさ。

こんなことを言っちゃあ大変に失礼かも知れないが、怪我の功名というか、僕にとってはこのことが縁で、洋子ちゃんとこんなに親しくなれたんだから、むしろ感謝をしなければならないよ」

正男は洋子の立場を同情するために、慰めの言葉をかけてやると、彼女は話題を変えて、

「正男ちゃんのお住まいは、東京なんでしょう?」

と正男の顔色を窺いながら、念を押すようにして尋ねた。

「僕は東京生まれの東京育ちだから、僕の家族は戦前から東京に住んでいるんだ。僕の家は幸いにして、戦災を受けても焼けなかったから、今でもそのまま東京に住んでいるのさ」

「ふうーん。うちなんか生まれてこの方、この和歌山県から一歩も出たことがないんや。

終戦後の東京は、かなり復興したんでしょう？」

「そりゃあもう、洋子ちゃんに見せたいくらい、終戦後の東京は建設ラッシュで、ビルがあちこちに建ち並ぶようになったよ」

「うち一度でも良いから、正男ちゃんの住んでいる東京さへ、行ってみたいなあ……」

洋子はどこか寂しそうな表情になり、大きな溜息をつき、無理と知りつつ願望を込めて言った。

「ごみごみしている東京よりも、一年中が温暖な気候であり、長閑《のどか》で閑静《かんせい》なこの和歌山県の方が遥かに良いでしょう」

正男はこのようにして、和歌山県の良さを称賛したが、洋子は何か違うことを考えていた。

「正男ちゃん、気候とか長閑とか、そういうことじゃあないの。この土地の風習のようなものが嫌いなの」

「何、その土地の風習って？」

正男は風習という言葉が気掛かりになり、訝《いぶか》しげな表情で尋ね返した。

「そんなこと、誰にも話せないわ」

「また、どうして！　そう言われると尚更聞きたくなったよ。驚かないから是非話をしてくれる？」

正男は何故かしら好奇心が湧き、尚も執拗なまでに、懇願《こんがん》するようにして尋ねた。

すると、洋子は話すか話すまいか、かなり迷っていたが、意を決するようにして、

「実は、うち部落民の出身なの」

とポツリとひとこと言った。

「ええっ！　洋子ちゃんが部落民の出身だってえ」

正男は洋子の思いがけない言葉に絶句した。

「ほーら、驚いたでしょう。だから、この和歌山県から離れたいんよ。出来れば誰にも知られない、遠い東京あたりに住みたいなあ……」

「僕のような東京生まれの東京育ちの者にとっては、まったく知らなかったが、まだ、部落民の制度が実際に残っていたとは、驚いたなあ……」

このとき正男は高校二年の頃、島崎藤村が書いた『破戒』という小説を読んだ時のことを、じっと思い浮かべていた。

この小説の中で登場する主人公である丑松《うし》は「山国の新平民」であるが故に、周囲の者から差別を受け、更には迫害を受け、やがては講師の身分を追われるというストーリーだった。しかしそれは単なる小説の中の出来事としか、考えられなかったのである。

「うちの場合には、父が御坊組の親方をやっていたから、明和建設の事務員に運良く採用されたけれど、うちの知っている殆どの人は、土木工事などのような危険な仕事しか、働

き口がないのが現状なのよ」

洋子は部落民の話題に入ると、足の痛みも影響するのか、尚いっそう元気がなくなり、寂寞《せきばく》とした表情をしていた。

「同じ日本人同士でありながら、このような人間同士を差別する、こんな風習が未だに残っているなんて、何と情けなく、何と不幸なことなんだろうか。この事実を他の国の人たちが知ったら、日本国民みんなの恥になるよ」

正男は興奮しながら、尚いっそう語気を荒立てて言っていた。

「正男ちゃん、そうは言っても、この部落問題については、長い長い過去の歴史があるもの、現実にはなかなか解決のできない問題よ。だから、うちらは不幸の星の下に生まれたと思って、もう疾《と》うに諦めているわ」

洋子はどうにもならない現実の姿を知り尽くしているだけに、反発する気力もなく断念していた。

「この部落問題は、日本国民の誰もが、我が身のことだと思って、真剣に考えなければ解決しない問題だから、難しいんだろうなあ……」

正男は洋子の哀れな境遇に同情していたが、それと同時に、あのとき洋子が足を捻挫して、困惑していた時のことを思い浮かべていた。

――あっそうか、これで理解ができたぞ！　あの時に、村人たちは部落民である洋子に拘わるのを嫌って、それで彼女の顔を見たら、そのまま素知らぬ振りして、立ち去ってしまったのかあ……。

正男は、部落民が大衆から疎外された現実の姿を目の当たりにして、洋子の身の上の哀傷の念に暮れながら、心の中で呟いていた。

このようにして、二人は何年も付き合っている恋人同士のように、両親にも話せない悩みごとまでも打ち明けていた。

やがて、二人が進む遥か前方には、伊勢屋の前のバス停が見えてきた。

「正男ちゃん、うち重かったでしょう？　ほんまに長いあいだ、すんませんでした」

洋子はやっと安堵したのか、正男に気遣いしながら優しく礼を述べた。

「僕は人間ブルドーザーだから、洋子ちゃんをおぶっている方が、バランスが取れて歩き易いんだ」

正男は洋子に対して、自分が如何に頼りがいのある人間であるかを自慢しようとして、精一杯の痩《や》せ我慢をしていた。

がしかし、軽いと思っていた洋子の身体は、時間が次第に経つにつれ、正男の両肩にズシリと食い込み、両手の指の感覚がなくなるほど痺れてきた。

それ故に、正男は歯を食いしばり、心の中では自分自身に向かって「何くそっ、もう少しだ！」と言って、懸命に檄《げき》を飛ばしていたのである。

その時、遥か前方から一台のバスが伊勢屋のバス停へ向かって走ってきた。

「洋子ちゃん、バスが来ましたよ」

正男は肩に背負っている洋子に伝えると、吐く息もハアーハアーと荒々しく、足の運びも乱れに乱れ、左右によろけながらも、遮二無二《しゃにむに》になって走っていた。

「もう歩けるさかい、うちを下ろして！」

洋子は正男の走る姿に見るに見兼ねたのか、必死になって訴えていた。しかし、正男は洋子の声などまったく聞き入れず、相変わらず走り続けた。

一方、前方から走って来たバスは、伊勢屋のバス停にて停車すると、正男が走って来るまで、その間ずっと停車していたのだった。

正男は息を切らしながら、停車中のバスの乗り場付近まで走って来ると、洋子のいたいけな身体を、その場にそっと下ろした。

「うちの身体、重かったでしょう。どうもありがとうさんでした」

洋子は正男に向かって厚く礼を述べると、彼女はびっこを引きながら、停車中のバスの中へやっとの思いで乗車することができた。

それから間もなくして、バスがゆっくりと走り出すと、洋子は窓から身を乗り出し、

「正男ちゃん、どうもおおきに、色々とありがとうさんでした。それではさようなら、さようなら」

と何度も何度も礼を言いながら、右手を左右に振り続けていた。

「洋子ちゃん、それじゃあくれぐれも、おだいじにね……。さようなら、さようなら」

正男は顔をくもらせ、両手を高々と振りかざし、洋子に応えるかのように、繰り返し繰り返し、何回となく言いながら見送っていた。

やがて、バスはスピードを徐々にあげ、正男との間の距離を次第に引き離し、黄昏《たそがれ》の彼方へ消えるようにして去って行った。

バスが過ぎ去った上空には、もう星が見えるようになり、眩《まばゆ》いばかりにキラキラと輝き渡っていた。

その周囲には、黒みがかった雲がぽっかりと浮かび、その雲の表面には、悲嘆に暮れる洋子の面影がくっきりと現れ、あの時に決意を秘めて、

「うち、部落民の出身なの」

と言っていた彼女の声が正男の胸の奥底まで焼きつき、その光景が中々消えなかったのである。

そのとき正男は、その雲の表面に映し出された洋子の面影を思慕《しぼ》し、その場から離れることなく、誰もいないところに一人佇《たたず》んでいた。あたりはもう日がとっぷりと暮れ、夜のとばりが下りていた。

第二章　ブルドーザー稼業

正男が伊勢屋前のバス停のところで、洋子と別れたあのとき以来、彼は生まれて初めて青春の淡い恋心が芽生え、忘れることのできない大事な人になっていた。

それ故に、その翌日からの正男は、何の用事もないのに明和建設の事務所にわざわざ近づき、室内を覗き込んでは、そのまま通り過ぎて行くという、そんな無邪気とも思える毎日が続いていた。

そして、洋子の姿が事務所内に居ないことを確認すると、

――洋子ちゃんの足の怪我は、その後、一体どうなっているのだろうか？　あの時に、あんなに痛がっていたから、やはり捻挫をしたのだろうか、それとも、若しかしたら骨折でもしたのだろうか。

正男は洋子の足の怪我の状態に思い悩み、じっとしてはいられないほど苛立っていた。そんな状況であっても、正男には事務所の人たちに聞く勇気もなかったし、それに、こんな突貫工事の最中に、御坊市内にある病院へ見舞いに行くなんて、許されるものではなかった。

それは今の正男が置かれた立場を考えれば、これから先、一人前のブルドーザーのオペレーターとして、この現場で通用するかどうかの、重要な瀬戸際に立たされていたからである。

そもそも、正男が高等学校を卒業した昭和二十九年という年は、朝鮮戦争が終結した明くる年であり、これまでの戦争景気は嘘のように冷え込み、国内の中小企業は相次いで倒産していた。

この朝鮮戦争とは、昭和二十五年六月二十五日、北朝鮮と韓国との間で三十八度線を巡って起こった武力衝突で、終戦後の日本の復興に及ぼした影響は計り知れない。このとき日本は、その補給基地となり、特需景気と呼ばれるブームが巻き起こった。それ故に、自動車を始めとする各産業の停滞は一掃され、輸出産業も爆発的に伸び、デフレに苦しんだ財界人からは、これぞ誠の「神風」と呼ばれるほど、日本の活力を来したのである。

ところが、昭和二十八年七月二十七日のこと。この朝鮮戦争も苦難の末に休戦協定が締結をする迄に到り、凡《およ》そ三年間にわたる長い戦争も、これでやっと終結した。

それ以降の日本は、国内の中小企業が相次いで倒産し、その結果として失業者は増大し、そう易々と就職先が見つかる状況ではなく、正男のクラスでも今年の三月に卒業を迎えるというのに、就職先が決まったのは僅か数人くらいしかいなかった。

それが正男の場合は、東京国土開発という、土木工事を請け負う企業としては国内最大手の会社であり、クラスの仲間からは、羨望《せんぼう》の眼差《まなざ》しで見られていた。

このような就職難という冬の時代であったからこそ、この道より生きる道はないと、正男は悲壮なまでの決意を秘めていた。それ故に、今の正男の立場を考えれば、洋子の足の怪我が一日でも早く完治するよう、ひたすら神に祈るばかりであった。

それから凡そ三週間ほど経ち、毎日長雨が続く梅雨《つゆ》のシーズンに入っていた。

その頃になると、スクレーパー付き大型ブルドーザーの威力というのか、田圃《たんぼ》内に流れ込んだ大量の土砂は、河川敷内の築堤箇所へ次々に運び出され、広大な田圃の造成工事は最後の追い込みの段階に入り、工事は昼夜を通して進められていた。

その造成工事とは、ブルドーザーがスクレーパーを牽引《けんいん》しての作業となるが、判り易く説明すると、バイクの後ろにリヤカーを連結して走らせるような方法であり、その際の土砂の掘削、積み込み、運搬、撒土《さんど》、整地までの五つの工程を、運転席に居ながらにして、連続して操作ができるのである。

こうして、あれほどあった田圃内の土砂は、次々に掘削され、その土砂は河川敷内の築堤箇所まで運び出され、その結果として、田圃の造成工事と築堤工事は同時に進行し、広大な田圃の造成工事は、その努力の甲斐もあって、遂に完成するところまで、何とか漕《こ》ぎ着けたのである。

今日は朝から小雨が降り続いていた。その広い田圃には、透き通るような清水が満々と湛えられ、馬を使って代掻《しろか》きを施《ほどこ》し、あとは苗付けをするばかりになっていた。

このとき正男は農道に佇《たたず》み、このように水が一面に張られた水田の光景を、感無量の心境に浸りながら、暫くのあいだじっと眺めていた。

すると、正男の脳裏にはいつしか、これまでに体験し、苦労を重ねてきた、あの悲痛なまでの数々の思い出が、まるで走馬灯のように次々に現れては消え、その場その場の光景を懐かしく回想していた。

こうして正男は、感動するほどの深い感銘と底知れぬ満足感に陶酔していた。このような感激は、経験した人でなければ味わえない特権であり、正男は非常に清々しい気分になっていた。

田圃の造成工事が完成すると、明日からの作業は、河川敷内での堤防の築堤工事のみに専念することになるが、その為に、ブルドーザーの後方に牽引していたスクレーパーは切り離し、ブルドーザーの全面に排土板を取り付けての作業となった。

その排土板には、アームの部分と全面のメインブレード、その両側のカッティングエッジからなり、アームの部分は、トラックフレームの両脇にある円筒形の大きなピンに、長い二本のボルトとナットで堅く締め付けてあった。

それに、排土板の操作は現在のような油圧式ではなく、鋼索《こうさく》したワイヤーと幾つかの滑車を巧みに使用し、エンジンの駆動力によって、全面の排土板を上下させながら前進させ、大量の土砂を全面に押し出しながら、地表面を整地して行くのであった。

それから一週間ほど経過し、その日の仕事は久しぶりに早めに切り上げ、現場から引き揚げる途中に於いて、チーフの川田と正男の二人は肩を寄せ合うようにして歩いていたが、川田はブルドーザーの威力について、正男に切々と語りかけていた。

「俺は、戦時中には海軍の飛行機部隊に所属し、飛行機乗りの主操縦士をしていたが、米国のブルドーザーには散々泣かされたよ。俺から言わせりゃあ、日本はブルドーザーの有無の差で負けたと言っても、過言じゃあないなあ……」

川田はブルドーザーの威力について、軍隊の頃を思い出しながら、語りかけた。

「えっ！　川田さん、何故ですか？」

正男には、川田の言っていることの真意が、何としても理解ができず、戸惑いながらも反問した。

「俺は飛行機乗りでも、爆撃機部隊に所属していたから、そのことが良く判るんだ。それは、俺たち爆撃機部隊が、米軍の飛行場内の滑走路や道路などを手当たり次第、滅茶苦茶に爆弾攻撃をしても、穴などが開けられた場所には決まって、何台ものブルドーザーが駆けつけ、元どおりの状態に整地してしまい、翌日には、もう飛行機が飛び立てるようになっているんだ。これには全く驚いたよ。だから、米国の飛行場は幾ら爆弾攻撃をしても、さっぱり張り合いがなかったよ。

それに対して、日本軍の飛行場が爆弾攻撃を受けた場合、その破壊箇所を整地する方法は、すべてが手作業であるから、飛行機が飛び立つようになる迄には、かなりの日数を要してしまうんだ。

戦争とは、すべて先手必勝が大原則と言われているから、どうしても先を制する方が有利に展開するんだ。特に太平洋戦争のような広い地域に於いての戦いは、どうしても強力な援護部隊の土木機械の有無の差が、最前線では遅れを取り、次第に不利な状態に追い込まれ、挙げ句の果ては、敗退の憂《う》き目にあってしまうんだよ」

川田は悔しさの余り、いくぶん顔を強張《こわば》らせながら、声を荒立てるような口調で話した。

「ふうーん、これは驚いたなあ……。今回の太平洋戦争では、ブルドーザーがそんなに重要な勝敗を決するほどの活躍をしたんですか。これは実際に、戦地で体験した人でなければ判りませんね」

正男は長い戦争に於いて、最前線を有利に戦うには、それを支える援護部隊が如何に大切かを、この時に身をもって教えられた。

「わが社の王子モータープール内の片隅には、スクラップ同然のブルドーザーが野積みになっているのを見たことがあるだろう？　あの大量のブルドーザーだって、すべてが戦争中に大活躍した米国製のブルドーザーばかりなんだよ」

川田の脳裏には、遥か遠い都内にある王子モータープール内の情景を描いているのか、それらを思い浮かべながら正男に語り掛けていた。

「王子モータープール内に、大量のブルドーザーが野積みされているのは、私だって知っていましたよ。あんなに大量のブルドーザーが、戦時中に使われたんですか？」

正男は川田の話を真剣に聞き入っていたが、彼の話に感心したのか、問い質すようにして尋ねた。

「勿論、その通りさ。驚いただろう？」

川田は正男に対して、何か自慢しているようにさえ思えた。

「会社は、あんなスクラップ同然のブルドーザーを買って、一体何に使う積もりなんだろう？」

正男はどうも合点がいかず、訝《いぶか》しげな表情で尋ねた。

「お前、バカだなあ……。中古車として使っているのを知らなかったのかあ……。いま我々が使っているＤ８型ブルドーザーだって、同様にして造られたものなんだ。

中古車の作り方は、あのスクラップのボディを使い、その他の部品類は米国の本国から取り寄せ、それらの部品類を順に組み立て、調整と整備などを行い、中古車のブルドーザーとして完成し、実際に工事現場で使っているんだ」

「へえー、私らが乗っているＤ８ブルドーザーも、あのスクラップから組み立てられたんですか？」

正男は驚いていたが、川田の話は何もかも物珍しく、感心させられることばかりであった。

「戦時中に散々日本を困らした米国製のブルドーザーが、今度はそのまま国内の河川工事に使われ、日本は、そのブルドーザーによって助けられているんだから、考えてみれば皮肉なもんだよ」

川田は冷ややかに嘲《ちょう》笑《しょう》しながら、激しく移り変わる辻褄《つじつま》の合わない世相を批判していた。

こうして、川田と正男の二人は語らいながら飯場までやって来ると、そこで同僚たちと一緒に夕食をとり、それから宿舎へ戻ると、今日の作業内容を作業日報に書き込み、午後十時頃には就寝に付いたのである。

斯くして、正男が熟睡してから凡そ五時間くらい経っただろうか、正男は直ぐ近くから聞こえてくる苦悶《くもん》に喘《あえ》ぐ呻《うめ》き声に気付き、深い眠りから目を覚ました。

正男は目を擦《こす》りながら、そっと布団から抜け出し、

――誰がうなされているんだろうか？

と呟きながら虚ろな眼差しで、暗い部屋の中を見渡していた。

すると、そのうなされているのは、何と正男の直ぐ隣りに寝ている大橋であった。大橋はパワーショベルの運転手であるが、正男とは年齢もさほど違わない二十一歳であり、し

かも同じ東京生まれの東京育ちということで、部屋の中では一番に親しくしていた人物であった。

大橋は深夢中なのだろうか。山本正男は夢の中でうなされている大橋の姿を余りにも哀れに思い、彼に近寄るとすかさず、

「大橋さん、どうかしましたか？」

と言いながら、彼の身体を懸命になって揺り動かした。

「あっ！　良かった。今のは夢だったのかあ……」

大橋は嫌な悪夢からやっと覚めたのか、その恐怖から逃れられた安堵した気持ちで、胸をほっとなで下ろしていた。

大橋の額からは、脂汗が止めどもなく流れ、彼の見た夢が如何に恐ろしいかが想像出来た。大橋は暫くのあいだ言葉さえ忘れ呆然《ぼうぜん》としていた。

「山本君、起こしてくれて、本当にありがとう」

大橋は正男のことを救いの神のように思ったのであろう。顔の汗を手で拭きながら、心の底から感謝をしていた。

「でも、少なくとも寝入っていたのだから、途中で起こしてしまって、かえって悪かったかなあ……」

正男は大橋の疲れはてた顔色を窺いながら、彼の気持ちを気遣うようにして、そっと言

うと、

「そんなことはないよ。その逆であって、山本君に感謝したいくらいだよ」

「それで大橋さん、どんな夢を見たんだい？」

正男は大橋の顔を覗き込むようにして、幾分か興味本位に尋ねた。

「実をいうと、あれは昼近くなってからかなあ……。俺がパワーショベルで掘っていたら、その時に溺死体《できし》が掘り出されたが、その溺死体から恨まれるような悪いことは何一つしていないのに、どんな理由なのか判らないが、その溺死体が夢の中で、俺のことを追い掛けてくるんだ。それは怖いもんだよ」

大橋は今見たばかりの、あの嫌な恐ろしい夢の中の出来事を、じっと思い浮かべながら淡々と語っていた。

「確かに、私も逃げ惑うシーンの夢を何度か見たことがあるけど、そのとき夢の中では決まって、金縛りにあったように足が竦《すく》んでしまい、思うように足が進まなくなるんだ。大橋さんが言うように、あの怖さは確かに、口では説明ができないよ」

正男は自分が夢の中で、逃げるシーンを見た時の体験談を切々と述べていた。

このようにして、大橋と正男の二人が、しーんと静まりかえった部屋の中でひそひそ話をしていると、部屋の入り口付近で寝ていた川辺は、この異様な雰囲気に気付き、深い眠りから目を覚まし、

「こんな早くから、少しうるさいぞ！　一体なにがあったんだ？」

と不機嫌な表情で二人に注意をした。

その時に、それが一つの弾みになって、そのほか数人も目を覚まし、各々の掛け布団を捲り上げ、大橋と正男の二人の方へ一斉に目が向けられた。

「正男、一体何があったんだ！」

先輩格であるチーフの川田は開口一番、正男に問いかけた、

「はい、チーフ。大橋さんが嫌な夢を見ていたらしく、大変に苦んでいたので、見ていられなくなり、それで私が起こしました」

正男はありの儘の経過を、素直に答えた。

すると、窓際に寝ていた森は上体を起こすと、

「後で話そうと思っていたが、俺たちが、ここから二キロほど先の掘削工事をしていたところ、今日の昼近くなった頃かなあ……、実は大変なことが起こったんだ。大橋がパワーショベルで土砂を掘っていたら、その時に何と、溺死体が掘り出され、それで大騒ぎになったんだよ。

その後も、大橋は警察の現場検証に付き合わされ、その時の溺死体の姿が脳裏から離れず、それが夢の中にまで現れたのだろう。考えてみれば可哀相な奴だよ」

と大橋の立場を不憫《びん》に思い代弁をした。

「実を言うと、森さんの言う通りなんだ。溺死体に傷がつかないよう、丁寧に時間をかけて掘ったもんだから、俺の脳裏にこびり付いて離れないんだ。何しろ溺死《できし》体を掘り出すなんて、経験したことが一度もないもの、そりゃあ嫌なもんだよ」

するとと今度は、森は大橋を更に弁護するために、布団から身体を乗り出すようにして、

「その後、どんどん掘り続けたところ、土砂の中から電線屑が大量に出てきたんだ。その掘り出した電線屑を売った金は、御坊組とのあいだで折半で分けることに決めた。だから、その売った金の半分は、ここへ届けてくれることになっているから、まあ楽しみに待っててくれ。その時には、大橋には一言くらい礼を言ってやってくれよ」

と続いて言葉を付け加えた。因《ちな》みにその当時、言われていたことだったが、電線屑は銅線であることから〝アカ〟と呼ばれ、スクラップ業者ではかなり高い金額で引きとってくれた。

このようにして、大橋がパワーショベルで掘削した場所は、河川の曲がり角になっていて、流木や土砂などが渦となり、それらは下流へ流出することなく、やがては、こうして溺死体も、電線類も、流木など、それらが土砂と共に堆積され、そのまま土砂の下に埋没したものと思われる。

それ故に、溺死体や電線類などが土砂の下に埋没した事実からみても、その当時の日高川の激流が、如何に凄まじいものであったかを物語っていた。

それから暫くして、チーフの川田はみんなの話を興味深そうに聞き入っていたが、話が途切れたところで口を開いた。

「世の中はすべからく、悪いことの後には、必ずや良いことがくるもんだよ。〝人生は苦あれば、楽あり〟ってことさ。それじゃあ、話はこれくらいにして、明日の仕事のこともあるから、これからもうひと眠りするか」

と仲間たちに寝ることを呼びかけた。

斯くして、誰もが布団の中へもぐり込むと、浅い睡眠の途についたのである。

外はもう夜が明けたのか、窓の隙間からは、ほんのりとした薄明かりの光が僅かに洩れていた。正男は、その薄明かりに枕許に置いてあった目覚まし時計を近づけると、時計の針は何と午前四時を少し廻っていた。

――朝の六時までには、あと二時間はたっぷり寝られるぞ。

正男は布団の中でこのように呟くと、睡眠をとる為に目を閉じた。がしかし、正男は幾ら眠ろうと努力をしても寝そびれてしまったのか、なかなか眠ることができず、熟睡したのは六時近くになってからであった。

正男はすっかり寝込んでしまい、結局は目覚まし時計のベルが鳴る音を聞いて、辛うじて目を覚ましたのである。

今日は正男が早番勤務であったため、寝惚《ねぼ》けまなこで目を擦り擦り起き出すと、直ちに作業服に着替え、いつものように現場へ向かった。

曾《かつ》ての正男ならば、朝方のような最初から作業をする場合には、作業手順とか作業工法など色々なことを知らないと従事することができないので、必ずチーフの川田と一緒に起床し、一緒に現場へ出掛けたものであった。

ところが、最近の正男は作業工程表や作業図面なども読めるようになり、それに、運転技術もかなり上達し、今では一人前のブルドーザーのオペレーターとして、どうにか任せられるようになっていた。

正男はブルドーザーが停止している場所へ到着すると、直ちに始動前の整備点検を行い、それに、二百リットル入りのドラム缶を、ブルドーザーの直ぐ近くまで運び、燃料タンクに軽油の補給をした。

このD8ブルドーザーは米国のキャタピラー製のもので、その型式は出力や大きさの違いに準じて、D6、D7、D8……と順に数字が大きくなるに従って、大型のクラスになるのであった。

次にD8ブルドーザーの起動であるが、このD8ブルドーザーには、親子二台のエンジンが装備されていて、そのうち親と称するエンジンは、本体の動力源となる約二百馬力のディーゼルエンジンであり、子と称するエンジンは、通称スターターエンジンと呼ばれ、親のエンジンを起動させる為のガソリンエンジンであった。

正男はブルドーザーのキャタピラーの上へ駆け上がると、スターターエンジン用のクランクハンドルを両手に握り、それを勢い良く回転させ、先ずガソリンエンジンを起動させ、次に親と子のエンジンを連結するピニオンギヤーを入れ、親のディーゼルエンジンを起動させるのである。

然るのちに、正男が運転席の前にあるスロットルレバーを上げると、ボンネット上部の長い煙突からは、真っ黒い煙が噴き上がり、機関銃を連打するような大反響を発し、これで親と称するディーゼルエンジンは全速回転で起動した。

こうして、エンジンが起動したことを確認すると、これでやっと安堵《ど》し、正男は大きく溜め息を付き、胸を撫で下ろした。

それというのも、時にはエンジンがどうしても掛からず、後から遅れて来た連中が、ブルドーザーを起動をして、どんどん稼働をしているというのに、自分だけが惨めにも、その場に取り残される場合があるからである。

その後、正男はスターターエンジンを停止させ、直ちに運転席に着くと、変速レバーをローギヤーからトップギヤーに切り替え、ブルドーザーを全速力をあげて河川敷内へと走らせて行った。

やがて、ブルドーザーは工事現場へ到着すると、昨日に引き続いて、直ちに河川敷内の玉砂利を高く築堤する工事を始めた。

早朝のブルドーザーの運転は非常に気持ちが良く、正男は眩しいばかりの太陽の日差しを全身に受け、それと同時に、日高川の水面を撫でるようにして、朝方の清々しい涼風が吹いて来るのであった。

また遥か遠い民家のある方角からは、鶏の泣き声が上空に響きわたり、正男は尚いっそう爽快な気分になった。

それから約一時間半くらい経ったであろうか。朝食を済ませて来たチーフの川田は、正男と運転を交替する為に、遥か右手の土手の方から下りてきた。

正男はエンジンの轟音を響かせながら、大量の玉砂利を押し上げていたが、その急な斜面を登り切った地点で停止させ、今度はバックギヤーを入れて後退した。ブルドーザーの体勢を整える為に、右折しようとしていたのである。

その時のことである。正男は昨夜の寝不足によるものなのか、それとも、交替時間が来た為に安堵したのか、今までの緊張感がすっかりほぐれてしまい、迂闊《うかつ》にも逆の右側の走行レバーを引いてしまったのである。

それ故に、ブルドーザーは尚も左側に曲がり、危険とも思える真横に近い状態になり、右側へ横倒しになり掛かった。正男は咄嗟《とっさ》の判断で、慌てて左側の走行レバーを引き、危険な状態から脱することができた。

「馬鹿者！　何をやっているんだ」

正男の運転を見ていた川田は、怒鳴り飛ばすや否や、直ちにブルドーザーのキャタピラーの上へ駆け上がり有無を言わせず、彼の頭部あたりに一撃鉄拳制裁を浴びせた。

「急斜面での後退する際のブルドーザーの運転方法は、逆走行でおこなうことくらい百も承知だろう！　何を寝惚けたことを遣っているんだ！」

川田は顔を真っ赤にして、頭ごなしに叱り飛ばした。

「はい、判っています」

正男は言い逃れる術もなく、頭の中は真っ白になり茫然としていた。

「頭だけで判っているから、こんな失敗をしてしまうんだ。運転技術なんて身体で覚えなけりゃあいかんのだ！」

「はい、すみません」

正男は自分のやった行為が恥ずかしくなり、首はうなだれ心の底から謝罪していた。

「これは謝ってすむ問題じゃあないんだ。もしもブルドーザーが横倒しにでもなったら、それこそ自分だって、危険な状態になるかも知れんのだぞ！」

「……」

正男は何を言われても、自分の不注意からきたものであるから、言い逃れる術はなく、ひたすら耐え忍ぶばかりであった。

ここでブルドーザーの走行について説明をすると、運転席には左右二本の走行レバーと左右二つのブレーキペダルがある。

平地で左右に曲がる場合には、左折する時には左側の走行レバーを手前に引き、左側のブレーキペダルを踏めば左折し、右折する時には右側の走行レバーを手前に引き、右側のブレーキペダルを踏めば右折するのである。

ところが、急斜面を後退する場合のブルドーザーの運転方法は、それがまるっきり逆の操作になり、左折する時には右側の走行レバーを手前に引き、右側のブレーキペダルを踏めば左折し、右折する時には左側の走行レバーを手前に引き、左側のブレーキペダルを踏めば右折するのである。

その理由を簡単に説明すると、エンジンから駆動される動力はベベルギヤーを介して縦軸から横軸になり、その横軸の左右にはステアリングがあり、ここがクラッチ機構になっているのである。

その為に、急斜面で後退する場合には、左折したい時には右側の走行レバーを手前に引き、右側のブレーキペダルを踏めば、ステアリングはクラッチ機構になっているから、右側の駆動する動力は切り離され、ブルドーザーの自重により右側のキャタピラーのみ回転し、ブルドーザーは左折することができるのである。右折の時は、左折の時とまったく同じ原理であるので、ここでは説明を省略する。

一方、正男は運転席から下りると、その交替に川田が運転席に着き、その後を引き続いて築堤工事を始めた。

正男は自責の念にかられ、殴られた時の痛さを嚙みしめながら、己の情けない能力を悔やみ色々と反省をしていた。

——幾ら悔やんでも後悔しても、今更どうにもならないんだ。まあ、今回は事故に到らなかったのだから、そんなに気に掛けることはないんだ。

正男は暫くはじっとその場に佇み、自分自身にこう言って納得させていた。そして、きっぱり思い直すと、飯場のある建物の方へ向かって歩き出した。

やがて、正男は飯場の食堂内へ入って行くと、その中央のテーブルの前には、明和建設の職員の三人連れが、雑談を交わしながら朝食をとっていた。

明和建設の職員とは、もう既に顔馴染みの仲であり、正男は彼等に会釈しながら、快活な声で、

「お早うございます」

と軽く挨拶を交わした。

「お早うございます。もう、ひと仕事すませて来たのですか？」

と彼等から気持ちの良い言葉が返ってきた。

「はい」

正男はひとこと返事をすると、遠慮がちに彼等の脇を通り抜け、片隅にあるテーブルに

座った。

それから、正男は朝食をとりながら、彼等の雑談に耳を傾けていた。

「たまには、かたいご飯ばかりではなく、お粥《かゆ》さんにナスとキュウリの漬物などをおかずにして食べてみたいなあ……」

「そう言われてみれば、わいだって、忙しくて暫く自宅へは帰っていないから、たまには、お粥さんを食べてみたいよ」

ここでお粥を食べる風習について説明をすると、和歌山では江戸時代に大凶作の年があり、紀州の殿様はその難局を乗り切る為に、一日に一回はお粥を食べるようお触れを出したそうである。その時のお触れが習慣となり、それ以降、今日に到るまで延々と続いていたのである。

やがて、彼等の会話は食べ物の話から仕事の話へと変わり、いつしか職場の話へと発展していった。

「事務員の松本は足の怪我もやっと完治し、来週あたりから、そろそろ出勤するらしいよ」

「この一か月余りというもの、彼女がいなかった為に、わいらも事務処理に追われて、そりゃあ大変だったよ。早く出勤して貰わんと、事務所の中は、彼女でなければ判らないことがあるから、パンク寸前の状態なんだ」

正男は洋子が退院するという朗報を聞いて、その場から立ち上がって〝バンザイ〟と叫び、飛び跳ねたい気持ちになっていた。それ故に、正男は先程の現場での失敗など忘れてしまい、彼らの話に尚いっそう真剣になって耳を傾けていた。

「松本は良く気がつくし、それに良く働くから、これで彼女の存在価値が充分に判ったであろう」

「確かにあんたが言うように、松本は気立ての優しい、みんなから好かれる良い娘《こ》だから、わいの倅《せがれ》の嫁になって欲しいくらいだよ。でもなあ、彼女は残念なことに……」

その男性は洋子の性格を褒《ほ》め称《たた》えながらも、途中で口籠《くちご》もってしまったのである。それから少時して、その男性はテーブルの下に左手を忍ばせながら、

「これだからなあ……」

と言って、親指を掌《てのひら》に載せ、残りの四本の指を一杯に拡げて見せていた。

正男は彼らの言動をつぶさに見ていたが、洋子が足の怪我をした晩の日のこと、彼女の口から、

「うち、部落民の出身なの」

と言っていたのを知っていたから、その四本指の合図の意味が何であるか、おおよその察しはついた。

正男は彼らの一連の話を聞いて、部落民を特殊な人種として差別する考え方に、洋子の

身の上が哀れに思われ、彼女に恋い焦がれる思いは尚いっそう強いものになっていった。

やがて、正男は朝食を済ませると、その席から離れ外へ出たが、明和建設の職員はテーブルを囲み、彼らの雑談は延々と続いていたのである。

第三章　洋子からの恋文

それから五日間ほど経過し、七月の第三月曜日の朝を迎えていた。明和建設の職員や周囲の人達から聞いた話では、松本洋子は今日から出勤することになっていた。

正男は洋子が出社するのを一日千秋の思いで待ち焦がれていただけに、彼は朝からそわそわして落ち着かず、何の用事もないのに、明和建設の事務所の近くまで近寄り、事務所内の室内の様子をそっと覗き込んでは、そのまま立ち去って行くのだった。

斯くして、正男が事務所の近くまで立ち寄ったのはこれで五回目であり、午前八時頃に事務所の前を通り掛かったところ、その事務所内で甲斐甲斐しく働く、あの洋子の姿を見掛けたのである。

洋子は長いあいだ入院し、まだ病み上がりのせいか顔色は青白く、今から約二か月前の頃とは比較にならないほど、身体全体がほっそりと痩せ細り、弱々しそうに見えた。

そのいたいけな洋子の姿は何とも可憐であり、正男の彼女に対する思いは、尚いっそう深いものになっていた。

洋子は正男と視線を合わせると、満面に笑みを浮かべながら目礼をして応えてくれた。

そのとき正男は興奮のあまり胸の動悸が高鳴り、声こそ出さなかったが、右手を高々と左右に振りながら、精一杯の笑顔をつくり、それに応えていた。

そして、正男はその場を後ろ髪を引かれる思いで立ち去ったが、洋子が目の届く範囲の手近なところで働いていると思うと、それだけでも満足するものがあり、なにかしら心強いものを感じていた。

男性とは愛する女性が目の前に現れ、その女性に恋い焦がれるようになると、どんな苦難にも立ち向かう勇気が湧き、それが苦難とは思わなくなるらしい。正男の場合には正にその通りであり、それ以降というもの、今まで打ち沈んでいた気持ちは晴れやかになり、毎日の仕事にも意欲が湧き、やる気さえ起きてきたのである。

やがて、その一日の勤務も終わり、正男はひとり宿舎でのんびりと寛《くつろ》いでいたが、明日は洋子の帰宅途上の松瀬の渡し場あたりで、久しぶりに出会える楽しみに心を弾ませていた。

それというのは、部屋の中には買い置きの酒も少なくなり、明日にはどうしても川向こうの伊勢屋まで、酒やその摘み物などを買いに行くよう、上司から指示されていたからである。

その買い物に行く時こそ、正男と洋子の二人が誰憚《はばか》ることなく逢うことができる唯一のチャンスであり、彼は今度こそ愛を打ち明けようと心に秘めていた。

それから暫くして、チーフの川田は仕事を終わらせて来たのか宿舎へ戻ってきた。そして、正男の姿を見掛けるなり、開口一番せきを切ったように語りかけた。

「先ほど、東京の運転課長から連絡があったが、この日高川工事現場には、自分らのブルドーザーと森達のパワーショベルがここに残り、他の二台のブルドーザーはお隣の有田川工事現場の方へ、急に移動するよう指示があったんだ」

「川辺さんや斉藤さん達などのブルドーザーは、有田川工事現場の方へ行ってしまうんですか？　この現場も少しばかり寂しくなりますね」

「そこで、彼らの送別会の件だが、この前に大橋が掘って出した、銅線を売った時の金もあることだし、今回はその金をぱっと派手に遣《つか》い果たし、盛大な送別会をやるつもりでいるんだ。

それで、みんなとも相談したところ、川向こうの伊勢屋さんでやることに決めたんだ」

「それで、送別会はいつ実施するんですか？」

正男は明日にも洋子と逢えるのを、唯一の楽しみにしていただけに、その送別会がいつ実施されるかが気掛かりであった。

「送別会の日取りは、明日にも実施することに決めたよ。だから、明日の買い物は行く必要はなくなったからね」

川田は正男に念を押すように、きっぱりと言い切った。

「チーフ、転勤する川辺さんや斉藤さん達は、まだ二、三日はこの現場にいるんでしょう？」

正男は不満そうな表情になり、川田の顔を覗き込むようにして尋ねた。

「なんでも有田川工事現場の方は、工事がかなり遅れているらしく、あっちでは一日も早く来いという矢の催促なんだ。だから、この現場に二、三日いるなんて、そんな悠長なことなど言っていられないんだよ。それに明日からは早速、ブルドーザーの貨車積み作業に取り掛からなければならないだろう？

だから、送別会を出来得る限り早めにやってやらんと、忙しい為に送別会なんて出来なくなってしまうんだ。それに加えて、御坊組の親方さんは、明日なら何とか都合がつくから、今回の送別会には、是非とも出席させて欲しいと言ってきているんだよ」

「そうですか、判りました」

正男は明日にも洋子と逢える楽しみに胸を弾ませていたが、それも断念しなければならぬと強く痛感し、反問することなく素直に承知した。

——そのうち、自分がこの工事現場にいる限り、洋子と逢える機会は必ずあるさ。

と正男は自分自身に言い聞かせていた。

この夜の宿舎内は、この現場から立ち去って行く者も、この現場へ残る者も、同じ立場に踏まえて、今度どこかで逢えることを期待しながら、お互いの別離を慰め合っていた。

斯くして、彼らはこれまでの日高川工事現場での苦労話や、御坊市内にある花柳界で遊んだ話など、それらの四方山話について、夜が更けるのも忘れるほど、話は延々と続けられていった。

翌日は晴天の朝を迎え、居残り組の川田チーフと正男組のブルドーザーと森チーフと大橋組のパワーショベルは、正常通りの作業を行った。そして、転勤組の川辺チーフと田中組及び斉藤チーフと岩井組は、共にブルドーザーの移動作業を行い、夕刻までにはすべてが完了した。

こうして、今日の作業は午後六時には終了し、彼らは久し振りに八人揃って川向こうの伊勢屋へ出掛けたのである。

先輩の話によれば、この日高川工事現場に来た頃は、未だそんなに忙しくはなかったから、この伊勢屋までちょくちょく飲みに来たらしい。

その理由として、当時のブルドーザーのオペレーターは、一般のサラリーマンの二倍以上もの収入があったから、金遣《づか》いも荒くかなり派手であった。

因みに、当時の日雇い労務者の一日の稼ぎが二百四十円の時に、弱冠十八歳の正男のような見習い運転手でさえ、日給三百四十円の他に、日当二百四十円が加算され、その上、更に毎月二百時間近い残業をしたのだから、毎月の給料は何と二万以上も稼いだのである。

一方、東京国土開発の八人連れは、松瀬の渡し場から舟で反対岸へ渡り、雑談を交わしながら歩き、それから暫くして伊勢屋へ到着した。

　この伊勢屋は村の中のたった一軒の商店であり、その広さは間口が四間、奥行きが六間ほどの狭い店舗ではあったが、その店舗内には、食べ物や果物類、衣料や台所用品などの生活必需品は勿論のこと、酒や飲み物、それにタバコ等に到るまで、店内のそこかしこに、それらの商品が陳列してあった。

　川田ら八人は店の中へ入って行くと、伊勢屋の女将は愛想よく笑みを浮かべながら、

「どうも皆さん、いらっしゃいませ。川辺さんも、斉藤さんも、何でも有田川の方へ転勤だとか、お寂しくなりますね。ところで、御坊組のお三人さんは、もう見えてまして、先程からお待ちになってますよ」

　と言いながら、店舗の奥の部屋へ案内をした。

　その店舗の奥には約二十人ほど座れるくらいの座敷があり、その座敷には十一人分の膳が並べられ、その膳の上には直ぐにも宴会ができるばかりに、料理や飲み物などが並べられてあった。

　その座敷の隅の方には、御坊組の人たちはすでに席に着き、私たち八人が来るのを、かなり前から待っている様子であった。

　今回の送別会の幹事になっている川田は、親方の姿を見掛けるなり、親方の前にひざまずき、

「本日はお忙しいところ、自分たちの送別会にご出席頂きまして、誠にありがとうございます。一同に成り代わり、厚く御礼申し上げます」

と挨拶を述べ、懇切丁寧にお辞儀をした。

「さあ、さあ、そんな堅苦しい挨拶は抜きにして下さい。皆様方には日頃から大変にお世話になり、今日の送別会に出席したことは、当然のことでありまして、ここへお招き下さっただけでも、逆に感謝をしなければなりません。どうか、わいら御坊組のことを、今後とも宜しゅう願います」

御坊組の親方は川田の顔色を窺いながら、心を込めて挨拶を述べたが、この親方こそ、正男が恋い焦がれている洋子の父親であったのである。

その洋子の父親は、鼻の下には髭を生やし、如何にも厳めしい顔をした、見るからに恰幅のいい五十歳くらいの人物であった。

斯くして、全員が思い思いの席へ着くと、先ず川田が簡単な挨拶を行い、続いて森からの乾杯の音頭を皮切りに、送別会は順に進められていった。

最初のうちは、誰もが酒を飲み料理などを食べながら、これまでの日高川工事現場に於いての、苦労話や思い出話などを懐かしく語り合っていたが、各自が次第に酔いが廻り、宴たけなわに達すると、いつしか歌謡曲や民謡、それに軍歌などを唱い始めていた。

当時の唱い方は殆どといって良いくらい、全員で手拍子をしながら合唱をするので、まったく知らない歌でも何回か繰り返すうち、誰もが知らず知らずに覚えてしまったのである。
そのとき何回となく繰り返し繰り返し唱った歌は、その当時、大流行したと言われている、
♪粋な黒塀、みこしの松に……で始まる、春日八郎が唱う〝お富さん〟と、それに、
♪私しゃ、真室川の梅の花、こーおりゃ……で始まる、山形県民謡の〝真室川音頭〟であった。
それに、宴会の席上ではよく唱われていた、
♪富士の白雪ゃあノーエ……で始まる〝しりとり歌〟と、それに、
♪一つ出たほいのヨサホイノホイ……で始まる〝数え歌〟や、それと同じような歌で、
♪一人でするのをセンズリおそそと申します……で始まる〝数え歌〟であった。
その次には、御坊組の三人による地元の民謡が唱われたが、先ず中央に座っている親方が唱い、その右隣の四十五歳くらいの男性が尺八を吹き、その左隣の二十四歳くらいの男性が音頭を取った。
その民謡とは、正男は歌詞もメロディーも全く聞き覚えのないものであったが、先祖代々受け継がれてきたものであり、その中には誰もが聞き惚れるほど古風で荘重な響きがあった。

その民謡はあまりにも長いために、最初は親方が唱っていたが、途中から二十四歳くらいの若者が唱うようになった。

若者は声の張りの良さといい、テンポの速さといい、独特の節回しといい、どれを取っても素晴らしく、恰もプロの民謡歌手のように上手であり、美声の持ち主であった。

その若者の名前は白石太郎という、親方からは絶大なる信頼を受け、御坊組の堤防工事に於いて、常に現場指揮をしていたから、正男もよく知っている人物であった。

斯くして、御坊組の三人による地元の民謡が唱い終わると、東京国土開発の八人連れから、万雷の拍手を受けたのである。

すると、御坊組の三人は恭しく頭を下げ、

「余りにも独創的な唱い方で、聞き苦しいとは思っていましたのに、こんなに盛大な拍手を頂きまして、誠にありがとう御座いました」

と親方は御礼の挨拶を述べた。

このとき正男は、洋子のことを恋い焦がれていただけに、白石太郎が余りにも、彼女の父親と仲良くしている姿を目の当たりにして、恨めしく思いながらも焼いていたのか、胸の動悸《き》がときめくのを感じていた。

それから暫くして、最後には、この日高川工事現場を立ち去って行く、川辺チーフや田中、並びに斉藤チーフや村井らの四人は、軍歌の〝ラバウル小唄〟を替え歌にした、

♪さらば御坊よ、又来るまでは……で始まる歌を唱い、みんなとの別離を惜しんでいた。

ここで御坊について簡単に説明をすると、御坊市は、この日高川工事現場から凡そ十数キロほど離れた場所にあり、日高御坊の門前町であった。

その門前町には、花街と称される遊廓《ゆうかく》街があったから、彼らは仕事の休息日が遣って来ると、その日を待っていたかのようにして「御坊さへ、おメコをしにいこら」と言って出掛けたことからも、彼らが大いに羽根を伸ばせる所でもあり、大いにストレスを発散する所でもあった。

このような替え歌を唱っては、その頃の思い出を懐かしく述懐していたのである。

斯くして送別会は、お互いに哀惜の念を抱きながら延々と続けられ、終了したのは午後十一時を少し廻っていた。

それから凡そ二週間ほど経過し、厳しい夏の猛暑が続く、八月の上旬に入っていた。この時期こそ、ブルドーザーのオペレーターにとっては、炎天下の作業になるから、かなり厳しいものであった。

河川の中で作業する運転席は、上部からは灼熱の太陽が容赦なく照りつけ、下部からは触れないほど焼けた鉄板の反射熱を受け、前方からはエンジンの熱風をまともに受け、それに、周囲からは玉石や砂利などから反射する熱を受け、要するに四方八方ありとあらゆる方面からの熱を受けていたから、恰も溶鉱炉の中にいるようなものであり、それは肌を突き刺すような酷暑であった。

そのため、正男はバケツに満ちた水を頭から被ったように、頭から顔から、その他あらゆる所から、大粒の汗が流れ落ち、身体中は汗でびしゃびしゃになって濡れていた。

その猛暑を少しでも和らげるものは、広々とした日高川を満々として流れる水と、その水面を撫でるように吹いてくる涼しい川風であった。

日高川の上流からは、ときおり筏《いかだ》を組んだ木材が十本くらいずつ帯状に組まれ、その帯が凡そ八組も長々と連なり、その筏の上を、長い竹竿を持った二、三人の筏職人が、それはまるで軽業師のように次々にピョンピョンと飛び移り、筏は彼らの手によって巧みに操られ、小気味よい水飛沫《しぶき》を上げながら、河口に向かって素早い速度でどんどん突き進んでいった。

その筏《いかだ》が行き着く先は、御坊市内の河口付近であるが、御坊市の歴史を調べてみると、藩政時代には筏流しが海に水還を結ぶ河口港として栄え、それが現在へと受け継がれ、日高川の上流地方では日高木材と言われるほどの美林の産地となり、筏職人によってこうして運ばれた木材は、製糸業や製材業を盛んにさせたのである。

この筏流しの光景をじっと眺めていると、長閑で爽やかな気持ちになり、猛暑からの暑さを少しでも和らげてくれるのだった。

正男がこうして運転を続けていると、そろそろ運転の交替時間になり、チーフの川田は彼が作業をしている直ぐ近くまでやってきた。

「暑かっただろう、どうもご苦労さん。お前もずいぶん腕を上げたね」

と優しい言葉を掛けると、正男に替わって運転席に着いた。

正男が、長い筏が流れ去った左手の方を眺めると、日高川の水面は太陽の光線を受け、眩しいばかりにキラキラと輝いていた。

その水面には洋子の面影がぼんやりと写し出され、正男はいつしか幻想的な世界に包まれていた。そして、その後の洋子の心情が気に掛かり、焦燥感に打ち沈んでいた。

その理由は、川向こうの伊勢屋へ買い物に行く回数も極端に減り、洋子とこっそり逢う機会を完全に失っていたからだった。正男はいつも洋子の顔を瞥見《べっけん》はしているが、人目を憚《はばか》る余りに、彼女に話し掛ける勇気がなかったのである。

――今日こそは誰かに見られようが、そんなことなど構わない。洋子には思い切って、直に逢って話し掛けてみよう。

正男は決意を新たにして、悲壮なまでの覚悟で明和建設の事務所の直ぐ近くまでやってきた。ところが、事務所内にいる筈の洋子は何故か　見当たらなかった。

――あれ、変だなあ……。今日は確か出社していた筈なのに、何処かへ出掛けたのだろうか……。

正男は、訝しげな表情で、再び事務所内を見回したが、洋子の姿はやはり見当たらなかった。正男が半ば諦めて、その場から立ち去ろうと数歩あるき掛けた時、人が近づいて来る気配がした。

そのとき正男は一瞬「誰だろう？」と思って後ろを振り返って見ると、何と驚いたことに、それは洋子の姿であったのである。

洋子はキョロキョロと周囲の様子を見渡しながら、正男がいる所まで小走りに駆け寄って来ると、隠し持っていた真っ白い封筒を、彼のポケットの中へ咄嗟に捩じ込むと、

「正男ちゃん、この手紙あとで読んでくれる？」

と言うと、意味ありげに笑みを交わし、再び事務所の方へ走り去っていったのである。

正男は突然とも思える洋子の強い行動力に感心させられ、彼は呆気に取られながらも、彼女の走り行く後ろ姿に、茫然と見惚れていた。

それから暫くして、正男は思い直すと、直ちに建物の裏手の方へ廻り、洋子から今もらったばかりの真っ白い封筒を、まるで宝石でも取り扱うようにして、ポケットの中からそっと取り出した。

その真っ白い封筒の表面の中央には、奇麗な美しい文字で丁寧に〝山本正男様へ〟と書かれ、その裏側には左側の端の方に小さく、女性らしいしなやかな文字で〝松本洋子より〟と書かれてあった。正男が直ちに真っ白い封筒を開封すると、その中には数枚の便箋が四つ折りになって入っていた。

正男は胸の鼓動をときめかせながら、その便箋を忙しなく拡げると、洋子からの文面を一気に読み始めた。

前略、ごめん下さい。謹んで申し上げます。貴方様は私にとって大切な初恋のお方であり、私は心の底から貴方のことを御慕いしております。

今の私は、家の中にいる時でも、外に出ている時でも、職場で働いている時でも、思うのはいつも貴方のことばかりです。これが人を好きになるということなのでしょうか。私は松瀬の渡し場のところで、最初に貴方をお見掛けした時から、大変に強い関心を寄せ、私の心からは離れられない人になっていたのです。

あの日、私が足を怪我をした時に、貴方に助けられましたが、あの時のご恩は一生忘れません。そして、貴方と色々とお話をしているうちに、貴方に対する思いは次第に膨らみ、貴方の誠実さに心を打たれ、貴方に恋い焦がれるようになり、益々好きになっていったのです。

足の怪我で入院した時には、何処へも出られず、貴方にお逢い出来ない辛さに、心の中は苛立つばかりで、何時もじりじりしていました。

私の足の方もやっと治り、勤められるようになりましたが、勤務先では貴方とお話をする機会が持てないのが、何よりも残念でなりません。

実を申しますと、私には父親が決めた婚約者がいますが、最近になって、その人から強く交際を迫られ、大変に困っております。それで、貴方には色々とご相談したいことがあるのです。

ところで、貴方のお仕事の方は一段落しているらしく、このところ日曜日には決まって、公休日をとっているようですね。

それで私から、お願いがあるのですが、今度の日曜日には是非、お逢いして頂けないでしょうか？

私は今から楽しみにしていますので、良いお返事をお待ちしております。

書きたい事は、まだ色々ありましたが、何から書いてよいやら纏《まと》まらず、結局は取り留めのない文面になってしまいました。その点については重ね重ねお許し下さいませ。

乱文乱筆にて、たいへん失礼致しました。それでは御免下さいませ。

かしこ

そして、場所は道成寺駅前、時間は九時と指定し、文面の最後には、上の方には〝山本正男様へ〟、その下には〝洋子より〟と書かれてあった。

正男は洋子からの手紙を、その後も繰り返し何度も読み直し、興奮する余りに独り悦に入っていた。そして、読み終わった手紙を丁寧に折りたたむと、封筒の中へしまい込み、作業ズボンの中へしまい込んだ。

その後、正男は倉庫内に入り、部品の整理をしていたが、今読んだばかりの洋子からの恋文の余韻が覚めやらず、彼は嬉しさのあまり両手を伸ばして「やったぞ！」と叫んで、飛び跳ねたい気持ちになっていた。

その翌日には、二人は何とか連絡を取り合い、洋子が決めた通り、正男は彼女と道成寺で逢う約束まで漕ぎつけた。

それから数日が経ち、その日の勤務も無事に終わり、川田と正男、それに、森と大橋の四人は、それぞれ宿舎へ戻って来ると、御坊市内にある遊廓街について話を咲かせていた。

その時に、最初に口火を切ったのは、パワーショベルのチーフをしている森であった。

「ところで、御坊には暫く御無沙汰してしまったが、先輩から紹介してもらった晴美ちゃんは、今頃どうしているのかなあ……。まだ、あの店にいるんだろうか？　あの娘《こ》は本当にいい娘《こ》だった」

「なあーんだ、驚いたなあ……。森はまだ、あの娘《こ》が忘れられないでいるのか？　君に紹介したあの娘《こ》は、少し年増だけれど、面倒見が良くて、それで親切で、それに情深いから、初めて体験する童貞の者にとっては、誰からも喜ばれているんだ」

川田は自分が紹介した晴美のことを、これほどまでに恋い慕う森の言葉に、この道にかけては少しでも先輩らしく、誇らしげに語りかけた。

「俺のアソコが勃起したら、その時には、いつでも可愛がってやるから、私のところへ遠慮なく来て下さいと、親切に言ってくれたんだ」

この日高川工事現場に来て、森は御坊市内にある遊廓街という世界を生まれて初めて体験し、その時に性の道を親切に導いてくれた遊女の行為が、何時までも忘れられずにいたからであった。

「そうだなあ……。あっちの方もだいぶ溜まったようだから、今度の日曜日には、御坊さへ久しぶりに四人連れで遊びに出掛けますか？」

「是非、川田さんお願いしますよ」

森は川田の考えに大変乗り気であった。

「それじゃあ、判った。今度の日曜日には御坊へ行くことに決めよう。ところで、これを機会に大橋も正男も、女遊びの経験をしてみないかね？」

川田は大橋と正男の二人の顔を、じっと見ながら返事を待った。大橋は少し考え込んでいたが、川田と森の二人の顔色を窺いながら、遂に思い切ったのか、

「私にも、その遊廓街という場所へ、是非連れてって下さい。お願いします」

と頭を掻きながら言った。

「それなら俺は諦めて、お前に晴美ちゃんを譲ることにするよ。そうすれば俺たち三人は、これで兄弟分になれるからなあ……」

晴美のことを恋い慕っていた森が、あんな簡単に断念した理由には、彼らの間には一つ

のルールのようなものがあった。それは、先輩が買った遊女を後輩へ紹介し、その紹介された同じ遊女を後輩が買ったならば「俺たちは兄弟分」と言って、お互いが誇らしげに、自慢しあえる関係になれるからである。

「ところで、正男はどうする？　今度の日曜日には、自分らと一緒に、御坊へ遊びに行くんだろう？」

今度は正男の方へ注目が向けられた。川田は正男の顔を覗き込むようにして尋ねた。

「山本君、俺たちと一緒に御坊へ行こうよ。君が来てくれると、話し相手にもなってもらえるし、俺だって心強いんだ」

大橋は正男の顔色をつぶさに眺めながら、正男が御坊へ行くよう説得をしていた。

「川田さん、誠に勝手なお願いですが、今回は遠慮させて頂きます」

正男は先輩たち三人の顔色を窺いながら、御坊へ出掛ける件について、きっぱりと断ったのである。

「それじゃあ、今度の日曜日には、何処かへ行く当てでもあるのか？」

川田は打診するようにして、正男の予定について尋ねた。

「はい、道成寺を見学する積もりです」

正男は道成寺で洋子とデートの約束をしていたから、これだけは何としても譲《ゆず》れなかった。それに何といっても、正男が川田に従順しない理由には、洋子と結婚するまでは、清廉潔白な身体でいようと、心に誓っていたからである。

「よし、判った。考えてみれば、お前はまだ未成年だから、女遊びの方は少しばかり早過ぎるかも知れない。まあせいぜい道成寺の縁起絵巻でも見てくるんだな。それにしても、御坊へ行った当日は、若しかしたら泊まるかも知れない。その時には早番勤務の方は、宜しく頼むよ」

「川田は正男の気持ちを尊重し、寧ろ道成寺へ行くことに賛成している様子であった。

「川田さん、私のことを折角誘ってくれたのに、自分の都合ばかりを言って、本当に御免なさい」

正男は深々と頭を下げ、素直な気持ちで謝罪した。

「おい、おい、何もそんなにしてまで謝ることはないんだ。こちらから勝手に誘ったんだから、あまり気にすんなよ」

川田は正男のいじらしい姿を見て、彼の気持ちを同情しているらしく、慰めの言葉を掛けていた。

ここで御坊市の遊廓街について説明すると、その当時の法律では、売春行為は公然と認められていた。それ故に、御坊市内には南新開地、並びに北新開地と呼ばれる遊廓街が二つもあって、それらは、お互いが競い合うようにして、その街道沿いは大変賑わっていた。

ところが、昭和三十一年に売春防止法が公布されると、御坊市内の南と北にあったこれら二つの遊廓街は、徐々に衰退していったのである。

第四章　道成寺の思い出

今日は正男にとって待ちに待った、八月の第一日曜日だった。正男は仕事が休みだというのに、洋子と晴れてデートができる嬉しさに、もう五時には目を覚ましていた。

やがて、窓の隙間から朝明けの光が差し込むと、薄暗かった部屋は急に明るくなり、部屋の隅々まで見えるようになっていた。正男は布団から抜け出すと、川田たち三人の寝顔を眺めながら、宿舎から静かに外へ出ていった。

正男は屋外へ出てくると、早朝の清々しい空気を身体全体に受けていた。早朝の空気は、まだ誰も触れていない新鮮なものであり、正男の心の中を晴れ晴れとした、爽快な気持ちにしてくれた。

正男の足は何時しか、日高川の河原の方へ向かっていた。河原へ行くまでの道は仕事上、通いなれた道であったが、仕事の往復の為の歩行と、散歩をしながらの歩行とでは、気分的にも相当の違いがあった。

仕事の往復の為の歩行の場合には、頭の中は仕事のことばかりであって、周囲の様子を見る余裕すらなく、殆ど無関心な状態で、その場を通り過ぎていた。

ところが、今日の正男は明らかに散歩であるから、深緑に萌える雄大な山々、青々と生い茂る田園風景、辺り一面に拡がる草花の香り、河原の方から吹いてくる爽やかな涼風、楽しそうに囀《さえず》る鳥の鳴き声など、どんな些細な一挙一動の変化にも関心を寄せ、大自然の恵みをいっぱい受けながら、ゆっくりとした足取りで歩いていた。

近くの村々の鶏が、朝明けを告げる鳴き声をあげると、その周辺の家々の鶏《にわとり》までが連鎖反応的に一斉に鳴き声をあげ、朝の静けさを破るように、遥か遠くの方まで響き渡っていた。

正男は誰一人いない日高川の河原までやって来ると、東の空の雲間からは、眩しいばかりの太陽の光が燦《さん》々と差し込み、周辺は次第に暑くなっていった。

正男は清流が流れている水際辺りまで来ると、河原に転がっている小石を拾い、その小石を対岸に向かって投げ入れた。すると、その小石は対岸には届かず、清流の中に〝ポチャン〟と小さな音をたて、白波の水飛沫をあげた。

そのとき正男は幻想的な気持ちに浸り、清流の水面には洋子の面影が浮かんでいた。

その水面に浮かぶ洋子の面影は、しなやかな艶《つや》のある長い髪、微笑みかける無邪気な素顔、可愛らしいつぶらな瞳、鼻筋の通った均整のとれた容貌、ふっくらとした柔らかい胸など、何れをとっても正男の心を強く魅了するものがあった。

このようにして、正男はおとぎ話の世界にいるような、そんな雰囲気に陶酔していたのである。

やがて、正男は大きく深呼吸をすると、洋子が住んでいる御坊市の方角に向かって、

「洋子ちゃーん、愛してるよー」

「洋子ちゃーん、大好きー」

と大声をあげて叫んだ。

すると、その声は遥か遠くの山々へと響き渡り、洋子の耳元まで届いたような、そんな気持ちさえしたのである。こうして、正男の胸中は幸福感に満ち溢れ、清々しい気分になっていた。

腕時計を見ると、時計の針はもう既に七時を廻っていた。飯場の食堂ではそろそろ朝食の準備ができている筈である。

正男は誰一人いない静寂な河原を後にすると、飯場がある建物の方へ向かって、足早に歩き出した。

その食堂で正男は朝食を簡単に済ませると、洋子と約束をしている道成寺へ出掛ける為に、ひと先ず自分らが寝泊まりしている宿舎へ立ち戻った。今日は公休日なので、部屋の中の三人は、まだぐっすりと熟睡していた。

正男は誰にも気付かれないよう充分に注意を払い、物音を立てないよう静かに身支度を整え、行く先と帰宅時間を書いたメモを机の上へ置くと、足を忍ばせるようにして宿舎か

ら出て来た。

この現場から道成寺へ行くには、先ず、日高川沿いの蛇行した道を約六キロほど歩くと、紀勢本線の和佐駅へ到着する。続いて、その駅から天王寺行きの上り列車に乗り、隣の駅の道成寺駅で下車すると、駅前からは道成寺へ行く参道が長々と続いているのである。

斯くして、正男は和佐駅へ向かって歩いていたが、和佐駅の乗車時間には、まだ充分過ぎるくらい余裕がある筈なのに、彼の胸中は嬉しさの余り、ゆっくりと落ち着いてなどいられず、時々飛び跳ねたり、駆け出したりして急いだ。

やがて、正男は和佐駅へ到着したが、日曜日の為か乗客は一人も見当たらず、駅の構内は閑散《かんさん》としていた。正男は取り敢えず、和佐駅の窓口でキップを購入すると、駅のプラットホームに一人ぽつんと佇み、列車が進入して来るのを、首を長くして待ち続けていた。

それから暫くして、列車は遥か遠くの方から物凄い轟音を立て、真っ黒い煙と蒸気を出しながら、和佐駅のプラットホームへ、滑るようにして進入して来た。そして列車が停車すると、正男はその列車の先頭車両に乗車した。

間もなくして、正男を乗せた列車は和佐駅を発車すると、直ちに警笛を鳴らしながら、日高川の長い鉄橋を渡り始めた。

その警笛の音色は、遥か遠い山々や辺り一帯に鳴り響き、雄大な大自然の景観の中に、神秘的な雰囲気を醸《かも》し出していた。

それに、眼下に見下ろす日高川の景観は、蛇行しているだけに素晴らしく、河川の広々とした流れと、川底まで透き通って見える清流は、旅情的な気持ちにさせるものがあった。列車は長い鉄橋を渡り切ると、続いてトンネル内へと入っていった。正男は、暗くなったトンネル内で、窓に映る自分の顔をじっと眺めていると、

——若しかしたら、洋子は父親に見付かり、今日は家を出て来られないかも知れない……。

そんな一抹の不安が彼の脳裏を掠《かす》めたりもした。

斯くして、列車はトンネルを一瞬にして通り抜けると、列車が進む前方には、もう道成寺駅のプラットホームが見えてきた。

すると、正男は直ちに座席から離れ、列車のデッキの方へ移動し、そのデッキから身を乗り出し、洋子の姿を懸命になって探し求めた。

そのとき、プラットホームの中央に佇み、進入して来る列車に向かって両手を左右に振り続ける洋子の姿が、正男の目に留まった。

この時ばかりは、正男にとっても夢にまで見た洋子とのデートであり、彼は嬉しさの余り、小躍りしたい衝動に駆られていた。

洋子の姿を認めると、列車が停車するのさえ待ちきれず、列車のデッキから飛び降り、洋子が佇んでいるところまで走り寄って来た。

正男と洋子の二人はお互いに近寄ると、暫くはじっと見詰め合っていた。そして、最初に口火を切ったのは正男の方だった。

「洋子ちゃん、だいぶ待ったんだろう？」

正男は洋子の表情から、かなり長い時間待たしてしまったような気がしていた。それ故に、打診するようにして尋ねた。

「ええ、ほんの少しよ」

「ほんの少しって言うと、二十分くらい？」

正男は洋子の顔を窺うようにして尋ねた。

「それよりは……。でも、今日は家にいても、朝から何となく落ち着かないの。それで、少し早過ぎると思ったんやけど、家を出て来てしまったんよ」

「洋子ちゃんが、そんなに早くから来ていたのなら、僕はもっと早く出て来れば良かったかなあ……」

すると、洋子は自分の腕時計を、正男の前へ指し示すようにして、

「ほら、約束時間の九時にまだなっていないわ。うちが勝手に早く来ていたんだから、ほんまに気にせんといて」

と事も無げに言った。

このとき正男は、自分のことを慕《した》っている洋子の行為が、何ともいじらしく可憐であり、

思わず抱き締めたい衝動に駆られた。

今日の洋子の服装は、白地に水色のストライプの入った、真新しいワンピースを着こみ、足にはサンダルシューズを履いていた。その姿は可愛らしく、目が覚めるほど新鮮であり、正男は彼女の美しさに改めて惚れ直していた。

やがて、正男と洋子の二人は駅の改札口から出ると、駅前の道成寺に向かう参道を、仲良く肩を寄せ合うようにして歩いていたが、二人は緊張するあまり、何から話し出そうかと考えていたので、暫くは寡黙になっていた。

それでも、お互いが好きであるからこそ、言葉がなくても何ら差し支えなかった。それは、こうして二人が並んで歩いているだけで、お互いの心が通じ合うものがあったからである。

一方、その参道の両側には、数多くの商店が軒を連ねるようにして建ち並んでいた。そして、その店先には、蜜柑《みかん》や金柑《きんかん》などの土産物が所狭しと並べられ売られていた。

しかし、夏場の閑散期の為なのか、参拝客の人影は殆ど見当たらず、周囲はひっそりと静まりかえっていた。

やがて、道成寺へ上がる石段の前までやって来ると、正男は前方を見上げながら、

「随分と急な石段だけど、これで何段くらいあるんだろうか？」

といって、洋子に尋ねた。

「何でも、六十二段もあるらしいわ」

洋子は地元に生まれ、地元に住んでいたから、この道成寺にはもう何回も来ているらしく、道成寺に関して大凡《おおよそ》のことは知っていた。

正男は寄り添っている洋子の右手を握り、

「それじゃあ、洋子ちゃん、この石段を上るから、僕の手を離さないでね」

というと、その急な石段を上り始めた。

二人は自分の足元を見詰めながら、ひたすら石段を上った。それでも、正男と洋子の手がしっかりと握り合っていることで、お互いの掌《てのひら》の温もりの感触から、二人の気持ちは心の底から融合し、お伽話の国にいるような、そんな甘いムードに浸っていた。

二人が仲良く手に手を取り合い、長い六十二段の石段のうちの五十段あたりまで上って来ると、辺りは急に真っ暗になり、何となく雲行きが怪しくなってきた。やがて一天にわかにかき曇った上空からは、ポツリポツリと大きな音を立て、大粒の雨が降ってきたのである。

正男は洋子に向かって、急かすようにして、

「洋子ちゃん、さあ急ごう！」

と言って、彼女の手を引っ張りあげるようにして、頂上を目指し懸命になって駆け上がった。

「このぶんじゃあ、どしゃぶりの雨になるわねえ」

洋子は心細そうな、不安な表情をしていた。

「何れにしても、頂上まではあと一息だから、洋子ちゃん、それ頑張るんだ！」

正男は激励の言葉を掛けると、洋子の手を更に強く握り締め、遮二無二《しゃにむに》になって駆け上がった。

それに対して、洋子は正男の手をしっかり摑み、足を引きずり、彼の後から一歩くらい遅れながらも、懸命になって付いていった。しかし、洋子の足はまだ完治していないのか、彼女の顔色は苦痛な表情に歪み、足の動きは次第に鈍くなった。

――せめて、二人が正面入り口の仁王門にたどり着くまでは、どうか激しく降らないで。

正男は上空の雨雲に向かって、心の中で祈りながら、降り始めた雨の中を、足の弱い洋子を引き連れ、急な石段を懸命になって駆け上がっていった。

しかし、正男の願いは儚《はかな》くも崩れ、篠《しの》突くような激しい雨は、二人の頭上に容赦なく降り注いできた。

正男はずぶ濡れになりながらも、洋子の手を一気に引っ張りあげ、石段の頂上付近までは、やっとの思いで辿り着くことができた。

そのとき洋子も、正男の後ろから追従するようにして駆け上がってきた。すると、洋子は頂上に辿り着いて安堵したのか、彼女は我慢に我慢を重ねていた緊張の糸がプッツリと切れ、その場へ崩れるようにして蹲《うずくま》ってしまった。

「洋子ちゃん！　もう、あと一息だ。辛いだろうが頑張るんだ。それに、こんな雨の中で、へばったら濡れるばかりだよ」

正男は洋子に近寄り、彼女の身体を抱きかかえながら、懸命になって励ましていたが、彼女は呼吸を整えているのか、それとも、足の痛さに耐えているのか、一向に立ち上がろうとはしなかった。

正男はどうして良いやら困惑していたが、咄嗟に判断すると、

「洋子ちゃん、僕の肩にしっかりと摑まるんだ」

と言うが早いか、洋子の身体を抱き起こし、自分の肩の上へ彼女の身体を背負うと、雨が降り頻《しき》る土砂降りの中を、仁王門のある建物まで駆け込んだ。

こうして、二人はどうにかこうにか、雨宿りができる建物まで辿り着いたが、ずぶ濡れの状態であっても、疲労困ぱいのために何をする術もなく、その場に身を崩すようにして座り込み、雨雲を恨めしそうに眺めていた。

篠突《しのつ》くような豪雨は、いつ止むともなく降り続き、周囲は滝のような激しい音を立て、降り続いた雨水は地表面を川のようになって流れていた。

それから暫くすると、二人はやっと落ち着きを取り戻し、精神的にも安堵したのか、顔

色にも次第に赤みがさし、お互いが顔を見詰め合う余裕も出てきた。

「洋子ちゃん、足の痛みはどう？」

正男は洋子の顔色を窺うようにして、心配な表情でそれとなく声を掛けた。

「もう心配ないわ。余りにも急な石段を、急いで駆け上がったさかい、それで足が少し攣《つ》っただけなんよ。正男ちゃんには、大変にご苦労をかけたけんど、これは落ち着けば自然に治りますから心配しないで下さい」

「それならいいけど。洋子ちゃんは、足の怪我が治ったばかりだから、その怪我が再発したんじゃないかと思って心配したよ」

正男は洋子の明るい笑顔を見てほっとし、胸をなで下ろした。

「それにしても、この雨、早く止《や》まないかしら」

洋子は降り頻る雨を眺めながら、恨めしそうに天を仰ぎ、大きくため息をついていた。

「あーあ、身体中がびしょびしょに濡れ、ちょっと気持ち悪いや。洋子ちゃんはどうなの？」

正男は徐々に平静さをとり戻すと、身体のことが気掛かりになってきた。

「うちは身体中が寒くて、何だか背中のあたりがゾクゾクしてきたわ」

洋子は小さなハンカチで顔や髪の毛などを拭きながら、身体をぶるぶると震わせていた。

「洋子ちゃん、そのビニールバッグの中に、タオルのような物は入っていないの？」

正男は洋子の身体が心配になり、彼女の手元に置いてあったビニールバッグに気付き、そのバッグの中身について尋ねた。

「あっそうそう。ベンチの上に敷くつもりでいたから、家を出掛ける際に、ビニールバッグの中にタオルを入れてきたわ」

正男は洋子の傍らにあったビニールバッグを手元に引き寄せ、そのバッグの中からタオルを取り出し、彼女のずぶ濡れになった身体を拭こうとした。

「うちの身体を拭くのは後で構わんきに、正男ちゃん、自分の身を先に拭いて。そんなずぶ濡れの儘じゃあ、まっこと風邪を引くかも知れないわ」

洋子は自分の身体を正男に拭いてもらうのが、何とも気が咎《とが》めるのか、それとも恥ずかしいのか、彼の行為を避けるようにして断った。

「僕はいつも河原の中で仕事をしているから、身体中が、ずぶ濡れになるのは馴れているんだ。だから、洋子ちゃんは僕の身体のことなど、あまり心配しなくても構わないよ」

正男はこのように言うと、洋子が拒絶する気持ちに逆らうかのように、彼女の身体や髪の毛などを積極的に拭き始めた。

すると、洋子は拒絶するのをやめ、若い男性から自分の身体を拭いてもらう恥ずかしさに、首は項垂《うなだ》れ目は閉じていた。

その際の姿は、恰も子供が母親に身体を拭いてもらうような恰好になり、正男の手の動きに身体を任せたのである。

　正男は洋子の身体を拭き終わると、今度は自分の身体を拭くために、そこから数メートル離れた仁王門の裏手の方へ廻り、着ていた衣服はすべて脱ぎ捨て、濡れた身体をタオルで拭き取り、濡れた衣服を手で絞ったあと、その衣服を再び身に着け、さっぱりした姿になって彼女の前へ現れた。

　このとき正男は自分の姿と比較した時に、濡れたワンピースを着ている洋子の姿は、如何にも気の毒であり、哀れにさえ思えてならなかった。

「洋子ちゃん、僕のように衣服を脱いで身体を拭けば、もっとさっぱりするよ。僕が仁王門の裏手の方へ隠れているから、そうすればいいよ。その儘でいたら、もしかして、風邪を引くかも知れないからね」

　正男は洋子の身体を気遣《きづか》い、自分と同じようにするよう薦めたが、彼女は戸惑っている様子であった。

「それじゃあ洋子ちゃん、僕は向こうへ行っているから、その間に僕の言った通りにするんだよ」

　正男は宥《なだ》めるようにして言うと、彼はきびすを返し、この場から立ち去ろうとした。

　すると、洋子は正男の二の腕を掴み、

「正男ちゃんがここから離れたら、ワンピースなんて、返って心細くて脱げないわ。そんじゃきに、お願いだから、ここからは絶対に何処にも行かないでくれはる？　正男ちゃんは、ただ、この場所で後ろ向きになってくれれば、それでいいの」

と彼に哀願した。

「うん、判った。この場所でただ後ろ向きになっていれば、それでいいんだね」

正男は直ちにきびすを返し、後ろ向きになると、両目を軽く閉じ、洋子が自分の身体を拭き終わるのをじっと待ち続けていたが、その一方では裸になった彼女の姿を思い浮かべていた。

それから少時して、洋子は濡れたワンピースを手に持ち、身体を半身に構えるようにして、

「正男ちゃん、誠にすんまへんが、うちのワンピースを絞るのを手伝ってくれはる？」

と小さな声で恐縮しながら頼んだ。

正男は背後から聞こえる洋子の声に思わず後ろを振り返ると、彼女が身に着けているものは、何と、ブラジャーとパンティーのみという、露《あらわ》な姿があった。正男は洋子の全身を咄嗟《とっき》に見てしまったが、正面切って見られなくなり、彼女から目を逸《そ》らした。

洋子の身体は均整のとれた、すらっとした体型であり、艶のある肌は抱きしめたいほど美しく、正男は彼女の魅惑的なムードに引かれ、思わず生唾を飲み込んでいた。

そして遂には、正男の欲情も我慢の限界に達したのか、ワンピースを握っていた洋子の

右手を摑むと、彼女の身体を自分の方へ、衝動的に引き寄せた。洋子は一瞬「ああっ」と、驚嘆の声を発すると共に、彼女はいつしか正男の胸の中に顔を沈めていた。

「僕は洋子ちゃんが大好きなんだ。君が可愛くて可愛くて、もう、どうしようもないんだよ」

正男は洋子の身体を抱擁《ほうよう》しながら、普段から彼女を思い続けていた自分自身の偽らざる気持ちを、堰《せき》を切ったように打ち明けた。

「うちだって、正男ちゃんが大好きよ」

洋子は正男の胸の中に顔を沈めながらも、精一杯の愛の表現をした。このとき洋子の口許から出る吐息は、正男の厚い胸板を通して全身に注がれ、彼は心の底から甘いムードに陶酔していた。

正男は洋子の顔を胸から引き離すと、その刹那、正男は彼女の甘い唇の上に自分の唇を重ね合わせた。二人の接吻は、何時までも何時までも長く続いた。

この時に、洋子の弾力性に富んで膨らんだ胸と、正男の厚い胸は、双方ともに濡れている為にぴったりと張り付き、まるで一心同体のような恰好になっていた。それ故に、二人の胸の鼓動《こどう》はお互いに伝わり合い、二人のみが孤立した夢のような境地に浸っていた。

それに加えて、正男の胸中には夢のような甘い接吻、時折小刻みに震える処女の感触、ゴム毬のような弾力のある乳房、全身から発散する香気に満ちた甘い薫り、全身しっとりと潤んだきめの細かい肌など、それらは何れを取っても、彼の頭の中を先鋭に貫くほど魅了していたのである。

このようにして、二人は降り続く雨の為に俗世界から完全に遮断され、孤立した二人だけの世界を作り出し、そのことが二人の結びつきを、より一層強いものにした。

このとき洋子は、本能的に羞恥心《しゅうち》のようなものが働いたのであろうか、もうこれ以上発展するのを恐れてのことか、

「本堂の中から、誰かが見ているわよ」

と言って、彼女は長い抱擁から逃れたのである。

正男は本堂の方を眺めたが、その本堂の方には誰一人として見当たらなかった。しかし、正男は洋子の可憐《かれん》な潤《うる》んだ瞳を見ていたら、彼女を責める気持ちには到底なれなかった。

斯くして、豪雨は小半時ほど降り続いたであろうか、上空はすっかり雨もあがり、辺り一帯は急に明るくなってきた。

すると、間もなくして、雲の隙間からは夏の暑い太陽の日差しがジリジリと差し込み、周囲の樹木に雨宿りをしていた蟬《せみ》どもが、一斉にジージーと鳴き出したのである。

「洋子ちゃん、やっと雨があがったね。こんなに暑いんじゃあ、いくら衣服が濡れていても、直《じき》に乾いてしまうさ」

正男は洋子が着用している、まだ濡れているワンピースを見ながら言った。

「そうね、これから可成り暑くなりそうだから、濡れている方が、返って涼しくていいかも知れんわ」

洋子はやっと元気になったのか、彼女の顔色にも赤みがさし、足の痛みもすっかり取れたのであろう、上空を仰ぎながら溌剌《はつらつ》とした声で言った。

「それじゃあ雨も止んだし、道成寺の境内を散歩しようか？」

正男は洋子に向かって言うと、先に立って足早に歩きだした。すると、洋子は正男の後から追い掛けて来たが、彼を追い越し先頭に立つと、

「うちは、この道成寺には何回も来てるから、此処の境内の建物の案内なら、うちに任せてくだはりますか？」

と彼女自身から案内役をかって出たのである。

それにしても、道成寺の境内は雨上がりの為か、二人を除いて誰一人見当たらず、正男は多少なりとも大胆になっていた。

正男は洋子の後ろからそっと近づくと、彼女の左手を堅く握り締め、そのまま寄り添うようにして歩いた。正男にとっては境内を見学することなど、もうどうでもよくなり、洋子の掌から伝わる温もりを感じながら、こうして散歩するだけで、それで充分に満足するものであった。

境内の建物や樹木などは先ほど降った豪雨により、埃などが綺麗に洗い流され、まるで

絵に書いたように鮮明になっていた。それら新鮮な周囲の情景は、二人の感情を尚一層、明快な気分にしてくれるのだった。

一方、道成寺の境内には、仁王門の他に、本堂、三重の塔、護摩堂《ごま》、書院などがあり、洋子が最初に案内してくれた建物は、真正面にある本堂であった。

洋子は正男と仲良く寄り添うようにして、本堂の近くまでやって来ると、その中に奉ってある大宝殿について、得意になって説明を始めた。

「この本堂の中には、住職さんが絶えず待機していて、観光客が訪れる度に、ユーモアな言葉を交えて、懇切丁寧に説明をしてくれはるの」

「どんなことを、説明してくれるの？」

正男は洋子の顔を、覗き込むようにして尋ねた。

「道成寺の由来の話とか、本堂に安置された千手観音や脇侍の日光・月光菩薩の話とか、その他、道成寺縁起絵巻などの話を、順に追って判り易くしてくれはるの」

「うーん、道成寺の縁起絵巻か、どこかで聞いたことのある名称だなあ……。あっそうか、判ったぞ！　確か川田チーフが話をしていたのは、この道成寺絵巻のことだったのかあ」

〃まあ精々、道成寺縁起絵巻と言えば、あの時に確か、正男の上司である川田チーフが、道成寺縁起絵巻でも見てくるんだな〃と、いっていた言葉を思い浮かべた。

「ええ、その道成寺縁起絵巻には、上下二巻もあって、住職さんは訪れる観光客に、その巻物の絵解き説明をして下《くだ》はるの」

「道成寺縁起絵巻上下二巻というと、どんな絵巻物から成り立っているの？」

正男はその中の一巻は安珍清姫であろうと、大凡の見当はついたが、残りの一巻が何であるかが、皆目わからないので、洋子に向かって再び尋ねた。

「ほら、正男ちゃんも知っているでしょう？　その中の一巻は、歌舞伎や長唄でも有名な、あの安珍清姫の悲恋物語よ」

「安珍清姫のことなら、僕だって良く知っているよ。でも、問題は残りの一巻が、どんなものか知りたいんだ」

「それは、道成寺の創立者とも言われている、宮子姫の物語ですわ。何でもシンデレラの日本版とも言われ、髪長姫伝説を指すらしいの」

「シンデレラの日本版とは、何となく面白そうな伝説だなあ。こうなると、もっと詳しく知りたくなったよ。その髪長姫伝説というと……」

正男は洋子の説明を熱心に聞いていたが、生まれて初めて聞く、髪長姫伝説という名称にたいへん興味を抱き、食い入るような目つきで尋ねた。

「髪長姫伝説については、うちの下手な説明を聞くよりも、ここの絵巻物を見ながら、住職さんから説明を受けた方が、もっと良く判ると思うわ」

このようにして、二人は会話をしながら歩いていると、いつの間にか本堂の正面へとやってきた。

その本堂の前で二人は恭しく参拝を済ませ、そこの大宝殿へ入って行くと、ここの住職は入り口まで、わざわざ出迎えに来られて、

「いらっしゃいませ」と言って、二人に向かって微笑みながら、気持ち良く挨拶をしてくれた。

「こんにちは、それではご案内の方を、どうぞ宜しくお願いします」

二人は互いに顔を見合わせながら、どちらからともなく挨拶を述べた。

「雨が上がったばかりだというのに、随分と早いですね。先程の豪雨の際は、どちらに居ましたか？」

住職は首を傾げながら、訝しげな表情で尋ねた。

「そこの仁王門のところで、雨が止むまで雨宿りをしていました」

正男は仁王門のある方向を指差し、その場所にいたことを素直に答えた。

「それは、さぞかしお困りだったでしょう。それに、まだ二人とも衣服が濡れているではありませんか」

住職は二人が着ている濡れた衣服を見ながら、いたわりの言葉をかけた。

「こんなに暑くなったから、着ているうちに、直《じき》に乾いてしまいますよ」

正男は平静さを装って、さりげなく答えた。

「余計なことを言ってしまいましたかな。それでは早速ですが、この中の説明を致しましょう」

住職はこのように言うと、先ず最初に、道成寺の由来について説明をした。その住職の説明によれば、道成寺が建立されたのは、大宝元年（七〇一年）であることから、その長い歴史の間には秀吉の紀州攻めも受けていた。

ところが、当時の住職の不断の努力の結果、道成寺の本堂や寺宝は何とか焼かれずに済み、これだけ立派に護持してきた、当時の住職の心労を大いに称賛していた。

次に、寺宝として保管されている千手観音や脇侍の日光・月光菩薩など数々の文化財についても、熱心に説明をしたのである。

こうして、正男と洋子の二人が、住職の説明を聞きながら、展示物のある広間へ入っていくと、その広間には縦の長さが三十一・八センチ、横の長さが何と十八メートルもある、豪華絢爛《ごうかけんらん》たる道成寺縁起絵巻が置かれてあった。

その道成寺縁起絵巻には上下二巻があって、最初の上巻には、この道成寺の創立者と言われている、文武天皇の夫人・宮子姫の〝髪長姫〟伝説が記載されてあった。

住職は長い道成寺縁起絵巻の絵を眺めながら、流暢なる名調子ある美声で、絵解き説明を順に始めた。

「ある日のこと、猟師が海中から黄金の仏像を発見した。その翌日には、その黄金の仏像を草庵に奉り、念願を込めてお祈りをしたところ、その娘には神様から、長くて艶《つや》のある美しい黒髪が授かりました。

その当時、長い髪をもつ女性は最高の美人として、みんなからは称賛《しょうさん》され、羨望の眼差しで見られていた。

それ故に、宮子の長い髪は、人から人へと口コミで伝わり、都に済んでいる藤原不比等《ふひと》にまで知られることになり、やがて、彼女は藤原不比等にスカウトされ、彼の家の養女として迎えられた。

すると今度は、宮子姫は文武天皇の御妃《きさき》として、正式に迎えられた。その後、文武天皇のお取り計らいにより、飛鳥時代の大宝元年（七〇一年）には、宮子姫の祈願所として、この道成寺が建立されたのです」

住職の説明は、道成寺縁起絵巻の上巻が終わると、今度は下巻へと入っていった。その下巻とは歌舞伎や長唄でも有名な、安珍清姫の悲恋物語であった。

その住職は安珍清姫の説明になると、声にも一段と力が入り、流暢とした名調子で絵解き説明を始めたのである。

「それは延長六年（九二八年）のことである。ここに白河（福島県）から出て来た、安珍という名前の若い美男子の修験僧がいました。

安珍は僧侶になる修行を勤める為に、遥々熊野詣《もう》で（三重県）にやって来ましたが、その途中、安珍は庄司清次が経営する真砂の宿場へ一泊致しました。

宿場の御主人清次には、清姫という若くて美しい一人娘がいました。清姫はかつて見たことのない、若くて美男子の安珍に、一目見ただけで惚れてしまい、南国女の烈火のような激しい恋を抱き、安珍に夢中になってしまったのです。

一方、安珍は修行中の身の上にも拘わらず、清姫の余りにも激しい求愛を、うっかりして受け入れてしまい、熊野詣《もう》での帰路には、必ず立ち寄ることを固く約束して出発したのです。

その間、清姫は安珍との固い約束を信じこみ、彼の帰路を一日千秋の思いで待ち焦がれていました。

ところが、後で思い返してみれば、安珍は修行中の身の上であり、清姫の愛を受け入れれば神仏の罰を受けることになり、彼女との恋愛を認許してもらえるような、そんな状態ではなかったのです。

その為に、安珍は清姫が待ち焦がれているのも承知の上で、彼女との固い約束を裏切り、宿場へは立ち寄らずに、そのまま素通りして故郷の白河へ向かったのです。

そのことを知った清姫は、安珍への怒りに錯乱状態になり、彼女は身も心も乱れに乱れ、素足のまま家を飛び出ると、取るものも取らずに、夢中になって安珍を追い掛けていったのです。

清姫は安珍を途中まで追い掛けて来ましたが、彼女の前には川幅の広い日高川があり、もう、これ以上は行き止まりの状態になっていました。

ところが、この時の清姫は恋に狂い、安珍への憎悪に執念を燃やし、人間ばなれをした狂乱状態になっていました。すると、清姫は忽ちにして大蛇に変身し、物凄く恐ろしい形相を呈しながら、鎌首を持ち上げ、日高川を一気に渡ってしまったのです。

一方、安珍は一足先に日高川を舟で渡り、六十キロの道のりを走り続け、道成寺の門前まで、ほうほうの態《てい》で逃げ延びて来ました。すると、安珍は鐘供養《くよう》の為に置かれてあった、釣り鐘の中へそっと我が身を隠したのです。

それに対して、大蛇に変身した清姫は、逃げ惑う安珍を執念深く追い詰め、道成寺の正面の六十二段の石段を上り切ると、安珍の逃げ場を八方手を尽くして探し回ったのでした。やがて、安珍が釣り鐘の中に逃げ込んだことが判ると、大蛇に変身した清姫は、裏切られた悔しさにその怨恨《えんこん》をうち晴らす為に、安珍が隠れた釣り鐘にギリギリと七回も巻き付き、口からは火炎を吐き出し、その炎の熱により、安珍は釣り鐘もろとも焼き殺されてしまったのです。そして、最後は大蛇自身も、道成寺境内の脇にある深淵に、身を投じて生命を断ったという、悲惨な最期を遂げたのです。

これは正に悲劇的な出来事であり、凄惨《せいさん》な結果に終わった安珍と清姫の悲しい恋の身の上に、道成寺の僧侶たちは哀れに思い、安珍と清姫の二人は供養され、それでやっと成仏したと言われています。その結果、二人は法華経《ほけきょう》の基により救われたのです」

住職はこのようにして、安珍と清姫の初恋から亡くなるまでの哀歓《あいかん》を、絵解きをしながら情緒を込めて説明した。それは取りも直さず、正男と洋子の二人に、熊野信仰のありがたい教えを説いていたのである。

やがて、二人は住職に礼を述べると、本堂から寄り添うようにして出てきた。すると、外の天気はもうからりと晴れ上がり、炎天下の太陽の強い陽射しが、二人の頭上をジリジリと照りつけていた。

その後、洋子の案内のもとに、道成寺境内にある三重の塔、護摩堂、書院、芸能客殿、安珍塚、清姫塚、蛇塚などを順に見学したのである。

その頃になると、二人が着ていた衣服はもうすっかり乾いてしまい、晴れ晴れとした爽快な気分になっていた。正男は腕時計を瞥見《べっけん》すると、時計の針はなんと午後一時を少し廻っていた。

二人は昼食をとる為に、樹木が繁茂していて日陰になっている場所のベンチを求めると、その場に仲良く横に並ぶように座り、洋子が持参してきた握り飯を食べ始めた。

恋人同士二人の青空の下での昼食は、単なる握り飯のようなものでも、それはどんな高級料理にもまして、格別に美味しいものであった。

斯くして、二人は昼食をとったあと世間話をしていたが、洋子はいつしか真顔になると、

「正男ちゃん、お願いだから、うちを東京へ連れて行ってくれないかしら？　うちはどうしても、正男ちゃんのお嫁さんになりたいの」

と呟くような小さな声で言った。

「えっ、僕のような、こんな若造にかい？」

正男は洋子の突拍子もない発言に驚愕し、喜んでよいのやら、それとも、素直に受け入れるべきかを迷っていた。

「勿論、うちは真剣なんよ」

洋子は寂しげな表情をしていたが、心に秘めた何か強いものが感じられた。

「手紙の文面では、洋子ちゃんには父親が決めた婚約者がいて、その人から交際を迫られ、困っていると書いてあったけど、僕にもっと詳しく、話をしてくれないかなあ……」

正男は洋子の身の上が気の毒になり、彼女の苦悩している問題について尋ねた。

すると、洋子は正男の身体に取りすがり、膝の上に顔を沈めると、堰《せき》を切ったように号泣した。

それから暫くして、洋子は顔を上げると、正男の瞳をじっと見つめ、啜《すす》り泣きながらも、心の悩みを語り始めたのである。

「正男ちゃんに相談したいというのは、お手紙にも書きましたが、うちには父が勝手に決めた白石さんという婚約者がいるの。

そして、うちの父は御坊組の次の後継者に、白石さんに是非なってもらう積もりでいるから、父はどうも年の暮れには、うちとの結婚式を考えているらしいの。

白石さんは、父からうちとの結婚について、薄々知らされているらしく、最近になってうちとの交際を強く求めるようになり、彼からはいつも監視されているようで、とても困っているの。だから、今日だって隠れるようにして出てきたんよ。

それにうちは、白石さんには済まないと思っているんだけど、彼のことをあまり好きになれないの。その上、うちも白石さんも、お互いに同じ部落民出身でしょう。うちが産んだ子供の将来のことを考えたら、そんなことは絶対に嫌だわ。

それに、仮にうちが白石さんと結婚をしたとすれば、仕事の都合上どうしても、ここに永住することになるから、部落民の出身であることが判ってしまう。だから、うちとしては、誰にも身分が判らない東京さ辺りに住みたいんよ。こんな考え方は、うちの我儘かしら。これから一体、うちはどうしたらいいのかしら？」

洋子はどうにもならない身の上を、寂寞《せきばく》とした悲壮な表情で話した。

「まだ十八歳じゃあ、結婚には早すぎるからと言って、強引に断ればいいのに……」

正男は洋子の身の上を気遣いながら、労《いたわ》るようにして助言した。

「うち等の部落では、十八歳にもなれば、結婚している娘《こ》なんて何人もいるわ。だから、早過ぎるなんて言っても、うちの父が認めてなんかくれないわ」

このとき正男は、堤防の築堤工事の現場に於いて、年若い十八歳くらいの娘が、赤子をおぶって働いている光景を思い浮かべていた。

「よし、判った。洋子ちゃんが、そこまで考えているんなら、この現場を引き揚げる時には、僕と一緒に東京へ行くんだよ！」

正男は、この日高川工事現場を引き揚げる時には、必ずや連れて行こうと心に固く決めていた。

斯くして、道成寺に於いての二人のデートの時間は、瞬《またた》く間に過ぎ去り、正男と洋子は、後ろ髪を引かれる思いで道成寺駅のプラットホームで別れを告げた。

今日という一日は、二人にとって絶対に忘れることのできない、思い出深い一日になったのである。

第五章　築堤工事

正男は道成寺からの帰途、飯場で夕食を済ませてから宿舎へ帰ったが、川田ら三人は、やはり御坊市内の遊廓街へ遊びに行ったらしく、部屋の中は閑散《かんさん》としていた。

だが、その静寂さにも拘わらず、今日の正男は全く心細いとは思わなかった。そればかりか一人でいるのを寧《むし》ろ望んでいるようにさえ思われた。

それは、正男は何もせずに畳の上に寝ころんでいるだけで、洋子と仲良く手をたずさえて、道成寺を散策した時の数々の思い出が、こうして懐かしく蘇《よみがえ》ってくるからであった。

正男の目の前には、洋子との長い抱擁、彼女の柔らかい肌の感触、香気に満ちた処女の薫り、それに、住職が絵解きした安珍清姫の悲恋物語など、それら一つ一つが、まるで走馬灯のように、次から次へと浮かんでは消えていったのである。

このようにして、正男が道成寺で過ごした一日の思い出を回顧《こ》していると、出入口のドアの方から人の気配が感じられた。

「山本さん、戻られたのですか。お風呂に入れますが、どうでっしゃろか」

とこの家主である倉田家の夫人の声がした。

「はい、有り難うございます」

正男は元気な声で返事をした。すると、夫人は入り口のドアを開け、正男の前に現れた。

「山本さんは、今日は一人で道成寺へ行ったそうですね。そんなら、今日はほんまに暑かったから、ぎょうさん汗をかいたやろう」

「あれっ？　私が道成寺へ出掛けたことを、よくご存じですね」

正男は不審な表情をしながら、何気なく尋ねた。

「なーに、川田さんらが御坊さへ出掛ける際に、うちは聞いておきましたから」

「それでご存じなんですか……」

「今夜は何でも帰りが遅くなるかも知れないから、先にお休み下さいと言っていましたよ」

「そうですか、どうも有り難うございます。それでは早速、お風呂に入らせて頂きます」

正男は夫人の顔色を窺いながら軽く会釈《えしゃく》した。

「お風呂は直ぐにも入れますから、お待ちしております。それに、一人じゃあ寂しいでしょうから、もし宜しかったら、お風呂から出た後は、居間の方へお立ち寄り下さい」

夫人はこのように言うと、この場から踵《きびす》を返し、母屋の方へ戻って行った。

お風呂とはいっても、倉田家の浴槽は五右衛門であって、形状は丸い植木鉢を大きくしたようなもので、浴槽の底には板敷があって、大人ひとりがやっと座って入れるほどの大きさであった。

いつもなら、正男は先輩たちの一番最後に入浴するため、彼が入浴する頃にはどうしても浴槽の湯も少なくなり、彼は身体をVの字の形にして、背中の部分が辛うじて湯に浸《つ》かる程度の入浴であった。

しかし、今夜の入浴はいつものとは根本的に違っていた。それは何といっても、正男が一番先に入るので、浴槽の湯はたっぷりとあり、伸び伸びと入浴することができるのであった。

正男は洗面具を片手に持ち、約十数メートル離れている母屋の玄関口の引き戸を開け、倉田家の土間へ入っていった。

「今晩は、お風呂に参りました」

すると、居間の方では夕食をとっているらしく、

「どうぞ、ごゆっくりお入り下さい」

という、夫人の優しい声が返ってきた。

「それでは失礼します」

正男は土間を通り抜け、家族が居間で夕食をしている様子を何の気なしに一瞥し、それから右手の一番奥にある風呂場へと向かった。

――倉田家の人達の夕食の取り方は、茶碗を口許に近づけて食べている。若しかした

ら、いま食べているのは、いつか明和建設の人達が飯場で話をしていた、あのお粥さんじゃあなかろうか。

正男は浴槽に身体を沈めながら、そんな勝手な想像をあれこれと思い巡らしていた。すると、そこへ夫人が現れ、風呂の加減の様子を見にきた。

「お風呂は、如何でしょうか？」

「丁度、いい湯加減です」

正男は浴槽の湯にゆったりと浸かり、心地のいい気持ちで返事をした。

「それでは、ゆっくりと汗を流して下さい」

夫人がそう言ってこの場から立ち去ろうとすると、正男は急《せ》き込むようにして尋ねた。

「倉田さん、つかぬ事をお尋ねしますが、夕食に食べていたのは、やはりお粥でしょう？」

正男は夫人の顔色を覗き込むようにして、それとなく尋ねた。

「そりゃあ勿論、正真正銘のお粥《かゆ》さんですよ。この地方では何処の家庭でも、一日に一回くらいは、お粥さんを食べる習慣になっているんですよ。山本さんも宜しかったらお風呂から上がったら、お粥さんを、お召し上がりになりませんか？」

「私は飯場で夕食をとったばかりだから、今日のところは遠慮させて頂きますが、そのうちご馳走に伺いますよ。ところで、病気でもない健康な人たちが、何故、お粥さんを食べるのですか？」

正男は首を傾げながら、訝しげな表情で尋ねた。

「何でも江戸時代に、紀州一帯が大凶作に見舞われ、紀州のお殿様は、この難局を乗り切る為に、一日に一回はお粥さんを食べるよう、お触れを出したそうです。それ以来というもの、紀州の住民たちは、お粥さんを食べるのが習慣になり、豊作の年でも一日に一回はお粥さんを食べるようになり、それがいつしか、お粥さんを食べなくてはいられなくなってしまったんですよ」

「それじゃあ、一日に一回はお粥を食べるようになってから、もうかれこれ二百年以上も続いているんでしょうから、習慣とは凄《すご》いもんですねえ……」

このとき正男は、父がいつしか言っていた『一合で雑炊、二合でお粥、三合でご飯、四合で団子』という諺を思い出していた。

即ち、同じ空腹感を満たすには、ご飯では三合の米が使われるのに対して、お粥では二合の米で間に合うということであった。つまり、お粥の方が五〇パーセントも節約ができるのであった。

一方、正男は風呂から上がると、倉田家の居間には立ち寄らずに、そのまま宿舎へ戻り、広々とした部屋に布団を敷き、道成寺で今日一日過ごした、洋子との思い出に浸《ひた》りながら、いつしか深い眠りについたのである。

正男が熟睡してから、凡そ三時間は経っていたであろうか。川田ら三人が御坊から帰ってきたのか、正男は彼らの話し声と、部屋の中が急に明るくなったことで目を覚ました。

「正男！　お寿司だよ」

川田は包装紙で綺麗《きれい》に包まれた折り箱を、正男の前へ差し出した。

「どうも、有り難うございます」

「ほらほら、ぼんやりしていないで、お寿司なんだから、折り箱を早く開けて、直ぐにでも食べてしまわないと、明日まで取っては置けないんだぞ」

正男が折り箱を開けずに枕元に置こうとすると、川田は彼の行為がもどかしかったのか、急き立てるように言った。

「はい、判りました」

正男は気持ち良く返事をすると、戸棚の中から小皿と醬油《しょうゆ》さしを持ってきた。

「それじゃあ、みんなで一緒に食べませんか？」

正男一人では食べきれないと思ったから、他の三人にも食べてもらうように勧《すす》めた。

「これは飽くまでも、お前の分に買ってきたんだから、俺たちのことなんか気にせず食べられるだけ食べるんだ。君は若いんだから、これくらいなら何とか食べられるだろう？」

「私はお寿司は大好物だから、何とか食べられると思いますよ」

正男が寿司を食べている間、川田ら三人は御坊で遊んできた、遊廓街の話題に花を咲かせていた。

それから少時して、今度は正男の方へ話題が向けられた。

「お前には、俺の可愛い娘を紹介《こ》しようと思っていたのに、あんなつまらん道成寺へなんか行ったりして、誠に残念だったなあ……」

川田は正男の方を振り向きながら、侮《あなど》るような態度で言った。

「でも、私は学生の頃から、あの歌舞伎でも有名な安珍清姫に興味があったから、この日高川工事現場へ着任した時から、道成寺へ一度は行ってみたいと思っていたんです」

正男はこんな良い機会に恵まれたことを、寧ろ嬉しく思っていた。

「それで、道成寺を実際に見学して、一体どうだったかね？」

川田は正男の顔色を窺うようにして、興味を寄せながら尋ねた。

「私が予想していたよりも、遥かに、素晴らしいと思いました」

正男は口に出しては言えなかったが、今日は洋子とのデートを兼ねての見学であっただけに、何にも勝るものがあった。

「道成寺本堂の屋根瓦が、金色に輝いていたのを知っているかい？」

川田は今から十か月位前、自分が道成寺で見てきた時のことを思い出しながら尋ねた。

「は、はい。知っていますよ」

正男は本堂の屋根瓦まで気付かなかったので、朧《おぼろ》げな返事をした。

「その屋根瓦は、何が原因で輝いているか、知っているかい？」

川田は尚も執拗なまでに尋ねた。

「住職さんの説明によれば、確か、本瓦葺《かわらぶ》きに生えている金色の苔が、何でも、輝いているんだとか、言っていましたよ」

正男は住職がユーモアを交えて説明したのを、じっと思い出しながら答えた。

「そこまで知っているのなら、道成寺のガイドとして、充分に勤まるかも知れんぞ」

川田は正男のことを褒《ほ》め讃《たた》えた。

「今日は一日がかりで見学をして来ましたから、道成寺の境内にある建物なら、大凡のことは知っていますよ」

正男は誇らしげに答えた。

「それにしても、川田さんは道成寺について、随分と詳しく知っているんですね」

「自分がこの日高川工事現場へ着任した頃は、まだ工事の準備中であったから、暇《ひま》つぶしに道成寺へよく見学に行ったもんだよ。ところで、正男が一番印象に残ったものは一体なんだったかね？」

川田は再び正男に向かって尋ねた。

「それは何と言っても、縁起堂の中にある、あの美しい道成寺縁起絵巻と、あの流麗《りゅうれい》なる名調子で語る、住職さんの絵解き説明ですよ」

正男は縁起堂の中で懸命になって説明をしていた、住職の表情を思い出しながら答えた。

「それにしても、安珍清姫の道成寺縁起絵巻を見る限り、女性の一念とは恐ろしいものよ。お前は未だ若いんだから、清姫のような女性にだけは、充分に注意をするんだな」

このとき正男の胸中には、あの可愛らしい洋子の面影を思い浮かべていた。

「でも、安珍にしても、あれだけ恋い焦がれている清姫に殺されたのだから、あの時に多分、安珍とて殺されても本望だと思っていますよ」

正男は清姫と洋子とを重ね合わせ、若しも洋子に殺されるなら、構わないとさえ思っていた。

「お前は未だ若いから、そんな呑気なことを平気で言えるんだよ」

「そうかなあ……」

正男は川田と話をしながら、折り箱に入っていたお寿司は、いつしか綺麗に平らげていた。

「もう遅いから寝ようか。明日の早番は頼むぞ！」

「はい、判りました」

正男は軽く返事をすると、食べ残りのものを片付け、照明を消してから布団の中へ入った。やがて、部屋の中は真っ暗になり、辺りはしーんと静寂になり、夜は次第に更けていった。

それから、凡そ一週間が経過し、八月も中旬の頃に入ると、秋の台風シーズンに備え、堤防の築堤工事の方は一段と忙しくなった。

当時の日高川の河川敷は見渡す限り、何処も彼処も大きな玉石ばかりであったから、堤防の築堤工事は専らブルドーザーが行い、人力による手作業は、築堤する箇所へ蛇籠《じゃかご》を入れ、コンクリートブロックを積み重ねる堤防の補強工事を実施していた。

ところが、この日の築堤工事の場所は日高川の対岸側であった。その為に、ブルドーザーを向こう岸まで移動させなければならなかったが、昨夜来の降雨により水位は上昇し、ブルドーザーが川を渡れるかどうか、非常に難しい状態にあった。

それは、ブルドーザーが川を渡る時に、エンジンやミッションなどの中に川の水が浸入する危険とか、そのほか種々な危険が予想されるからである。

川田と正男の二人を乗せたブルドーザーは、向こう岸へ渡る為に、清流が流れて水際まで走らせて来ると、そこで一旦停止させ様子を窺っていた。このとき川田は、流れている中央の辺りをじっと眺めていたが、やっと決心したらしく、

「さあーてと、この儘の状態で、この深い川を渡り切れるかなあ……。正男、川の中央あたりまで泳いでいって、水深を調べてきてくれないか」

と正男に向かって指示をした。

　このとき正男は実習生の頃、教官から指導を受けていた、ブルドーザーが川を渡る際の注意点について思い浮かべていた。

「はい、判りました」

　正男は元気良く返事をすると、シャツやズボンなどを脱ぎ捨て、水深を調べる為に川の中央あたりを、隈なく歩き廻っていたが、特に深いところはなく、一番深いところでも精々彼の胸くらいの水位であった。

　川田は水際に佇み、正男の動きをじっと眺めていたが、無事に渡れると判断すると、

「正男、もう判ったから戻って来い！　その程度の深さなら、心配なく渡れるぞ」

　と大声をあげて、正男を呼んだ。

「あーあ、さっぱりした。川の中は気持ちがいいや」

　正男は川から上がると、手足や身体についた水を切りながら、大きく背伸びをした。それから、キャタピラーの前へ立つと、自分で水深を確認してきた胸の辺りと、ラジエーターのファンベルトとのレベルを比較した。

　川田は正男の動作をじっと眺めていたが、

「その水深じゃあファンベルトを外さないと、渡り切れないかも知れないなあ……。その理由については教官から聞いているだろう？」

　と正男の顔色を凝視しながら尋ねた。

「はい、聞いています。その理由はラジエーターのファンの処まで水があると、ファンは水車のように川の水を飛散《ひさん》させ、その際の抵抗によりエンジンは回転が苦しくなり、川のど真ん中でエンストになる危険だって、充分に考えられるからです」

「そうなんだ、川のど真ん中でエンストにでもなったら、手がつけられないからなあ……。それじゃあ、その工具箱から、工具一式を出してくれ」

川田はこのように言うと、自分から先に立ってベルトを外したり、給油口の増し締めなどの作業をした。

斯くして、ブルドーザーを向こう岸へ無事に移動させると、直ちに正規の状態に復旧させ、堤防の築堤現場へと向かったのである。

このようにして、二人を乗せたブルドーザーは現場へ到着すると、ブルドーザーの運転手は正男に任せ、川田は御坊組が作業をしている所まで歩み寄り、そこの組長と、何やら親しそうに打ち合わせをしていた。

この場所の築堤工事は、数日前から進められていたが、正男はブルドーザーを運転し、その続きの築堤箇所に取り掛かった。

その場所から、数メートル下流では正男たちが築堤したばかりの堤防を、御坊組の人たちが炎天下の中を汗を流しながら、懸命になって築堤の補強工事に励んでいた。

当時の築堤の補強工事は、殆どが人海戦術によるところが多く、その作業工法は、基礎部分は玉石を詰めた蛇籠を埋め、斜面はコンクリートブロックを順に積み重ね、それをコンクリートで固めるのであった。

その工事に従事する人たちは、義務教育が終わったばかりの未成年者から、かなりの高齢者に到るまで、多数の老若男女が互いに助け合い、寄り添うようにして働いていた。その中には、未だ成人にも満たない若い娘が赤子を背負い、汗を流しながら懸命になって働いていたが、その姿は実に痛々しく哀れにさえ思えた。

この御坊組とは、そもそも御坊市内の被差別部落に住んでいる人たちによって結成された、主として土建業に従事する組織であった。

彼ら被差別部落の人たちは、一般市民からは特別な白い目で見られ、住居や結婚、就職や就学、並びに社会参加など、あらゆる点で制約を受け、あらゆる面で差別を受けていた。それ故に、彼らは貧困家庭が多く、このような若年の頃から働かないと、暮らしが成り立たなかったのである。

この被差別部落、即ち同和問題は、何も御坊市だけに限ったことではなく、日本の津々浦々に渡って大きな社会問題として、未だに解決しないまま取り残されていた。

同じ日本民族であり、同じ日本国土に住み、同じ言葉を使い、同じ肌色をした人間同士を、どうしてこのように差別をする必要があったのであろうか。

その根本的な理由は、日本の歴史の中に於いて、封建社会制度を確立する為には、この身分制度がどうしても必要だったからと言われている。

それは、全人口の一割にも満たない武士が、日本の社会を絶対的に支配し、八割に近い農民から年貢を徹底的に搾り取っていたが、武士は年貢に苦しむ農民の不満を少しでも逸らす手段として、この部落差別を活用していたのである。

即ち、一般の農民はどんなに苦しさに喘いでいても「被差別部落の人たちよりは、まだましなんだ」と、気休めに自分自身を慰め、満足させる為にも利用されていた。

こうして、徳川幕府は武士の支配権を安定させる為にも、代々親から子へと受け継がせる世襲制の身分制度を確立させ、士農工商の四つの身分制度の他に、それよりも更に身分の低い、穢多《えた》・非人をつくり、これらの人たちに対して厳しい差別制度を適用した。それに、この身分制度は本人の意志や能力などにはまったく関わりなく、武士の判断により強制的に決められていた。

やがて、江戸時代から明治に入り、被差別部落に住む人たちにとっても、形式的な身分制度の改革が実施された。

第一に、明治四年、太政官布告により、士農工商「穢多・非人」の身分制度の廃止。

第二に、明治五年、壬申《じんしん》戸籍の編成。

この壬申戸籍は、旧武士は士族、旧農工商は平民とし、被差別部落の人たちは平民としながらも、旧えた、又は、新平民と記載されたこともあった。

そんな状況であったから、被差別部落に住む人たちは一般の人たちから見放され、差別を受けていたから、自分たちを防衛する為にも、自然にかたくなな態度になり、団結するようになるのであった。

ところが、正男のような余所者《よそ》にとっては、地元住民のようなわだかまりが無いから、周囲に気遣う必要もなく、お互いに信頼し合い、誠意を持って接することができるのである。

一方、正男はブルドーザーの運転を続けていたが、正午を少し廻った頃、昼食を済ませた川田は左手の方から、正男と運転を交替する為に、こちらに向かってゆっくりと歩いてきた。

正男は川田と運転を交替し、直ちにキャタピラーから飛び下りると、昼食用の弁当を小脇に抱え、炎天下の河原の中を、何処で食べようか適当な場所を探していた。

すると、遥か遠く離れたテントの中から、若い男性が両手を高々とあげ、

「山本さん、日陰に入らないと暑いでしょうから、こっちへ来て、一緒に食事をしませんか？」

と大きな声で呼んでいる姿が目に留まった。

その声の主は、今から凡そ一か月前、正男の先輩たちの送別会に出席した白石太郎という、洋子の父親が決めたという彼女の婚約者であった。

正男は何となく気まずい思いをしながらも、河原の隅に張られてあるテントの近くまで足早にやってきた。すると、その男性はさっと立ち上がり、

「さあ、どうぞ、どうぞ。テントの中は涼しいから、こっちへ来て昼食をとって下さい」

と言って、自分の席を正男に譲ったのである。

「それでは、お言葉に甘えて、ここで昼食をとらして頂きます」

正男は微笑みながら、その男性に向かって軽く会釈を交わした。

「わいは白石と言うんだ。あんたのことは川田さんから聞いているから、よく知っていますよ」

その男性は、立った儘の姿勢で自己紹介をした。

「私は山本と申します。どうぞ宜しく願います」

正男は後ろめたさを感じながらも、謙虚《けんきょ》な気持ちで自己紹介をした。

「まあ、今後とも、宜しく頼みますよ」

白石は正男の顔をじっと見ながら、軽く会釈をしたが、正男が遠慮して中々席に着かない姿を見て、自分は居ない方がくつろいでもらえると判断すると、慌てるようにして、

「ところで山本さん、みんなが休憩をしている間に、ちょっくら御坊さへ行って資材を取って来るきに、ここでゆっくりと休んで下さい」

と言って、小型三輪トラックが駐車している堤防の反対側の方へ行ってしまった。

正男は仕事の関係から白石の行動力を観察していたが、確かに洋子の父親が気に入るだけのことはあって、身体は剛健にして、御坊組には頼りがいのある、絶対に必要な人物であろうと思わざるを得なかった。

一方、狭いテント内では、御坊組の人たちは日頃の辛い仕事の話とか、家族に関する話題とか、日常茶飯事の四方山話などを、勝手気儘に賑やかに語り合っていた。

正男は昼食をとりながら、彼らの語り合う話に耳を傾けて聞いていたが、いつしか遥か遠く離れた東京に住んでいる、家族について深く思い巡らせていたのであった。

第六章　電気溶接作業

ブルドーザーを向こう岸まで移動し、反対側の築堤工事をするようになってからは、余りにも遠く離れている為に、その行き先の現場からは夜にならなければ帰っては来られないという、そんな辛い勤務が凡そ二週間も続いていた。

それ故に、正男にとっては恋しい洋子と出会う機会は完全に失われ、この二週間という日々は、もう数か月も逢っていないような思いであった。

ところが、台風シーズンを迎える九月に入ると、対岸側の築堤工事もやっと一段落し、この日からは正男が待望していた通り、こちら側の築堤工事へと進められた。そして、この日の作業は、数日前に火薬で発破を仕掛けた場所を、今度はブルドーザーによって、その岩盤を切り崩して行く作業であった。

正男は火薬で崩された岩盤を、苦戦を重ねながらも、何とか切り崩していたが、ここに到って、岩盤はコンクリートで固めたように大地にへばり付き、容易には動かなかったのである。

その為に、正男はスロットルレバーを一杯にあげ、エンジンをフル回転させて突き進んだところ、エンジンは苦しそうな音を発し、エンストになりかけていた。

正男は咄嗟に主クラッチレバーを切って、ブルドーザーを停止させると、エンジンは直ぐにも息を吹き返し、再び大きな爆音を発しながらフル回転になった。その後、再び主クラッチを入れて、ブルドーザーを前進させた。

このような操作を何回か繰り返しながら、岩盤の山は少しずつ切り崩され、ブルドーザーの突き進んだ後は広々とした平坦部になっていった。正男は苦労して切り崩した箇所を振り返り、それをなし遂げた満足感に、ひとり悦に入っていた。

斯くして、正男はブルドーザーを自在に操作し、岩盤を切り崩す作業を続けた。あと三十分も運転をすれば、川田チーフとの交替時間である。

そんな矢先のことだった。正男は固い岩盤の表面を排土板の左端に強烈に激突させたところ、ボキッという不《ぶ》気味な異音と、排土板の操作レバーを握る手にもガクンという異様な手応えを強く感じたのである。

正男は不測の事態に直面し、ブルドーザーを直ちに停止させ、運転席から飛び下りると、排土板の周囲やブルの足廻りの箇所を丹念に点検した。

すると、排土板の全面を支えるアームの部分は、物の見事に斜めにザックリと折損《せっそん》し、そのアームはブラブラの状態になっており、ブルドーザーを動かすことさえ困難と思われた。

正男はブルドーザーのエンジンを止めると、逸早《いち》く川田に故障の状況を連絡する為に、御坊組の工事現場へ向かって走り続けた。

夢中になって走りながら、正男の脳裏には川田が叱りつける真っ赤な顔が浮かんだ。

――川田チーフにはどう謝ったら、許してくれるだろうか。それにしても、今回の故障の原因は自分の運転の操作ミスから起こったものだろうか。それとも、機械そのものの寿命から起こったものだろうか。いや、自分の運転操作ミスでは絶対にない筈だ。

正男はそんなことを呟きながら、その際の弁解と謝罪する言葉を盛んに考えていた。

やがて、正男は息を切らしながら、御坊組の工事現場までやって来ると、川田は御坊組の白石との間で何やら仕事の打ち合わせをしていた。

正男は血相を変え、川田に向かって、

「川田チーフ、大変な事態になりました」

とこれだけ言うのがやっとであった。

「一体、どうしたんだ！」

川田は正男の表情から、ただならぬ事態が発生したものと察したが、寧ろ平然とした態度をとった。

「実はブルドーザーの排土板のアームが折損してしまい、今はブラブラの状態なんです」

「そうか判った。直ぐにも修理をしなければならんから、それには、取り敢えず電気溶接機を手配しなければならんなあ……」

川田はこのような事態は何度も経験をしているのか、あまり驚いた様子ではなかった。

「川田チーフ、どうもすみません」

正男は責任を感じてか、首はしょんぼりと項垂《うなだ》れ、深く頭を下げて謝罪をした。

「ブルドーザーなんてものは、毎日のようにあんな固い岩盤を切り崩していれば、必ずいつかは折損するさ。だから、あまり気にするなよ」

「……」

正男は川田の予想もしなかった好意に対して、心の底から感謝し、尊敬の気持ちさえ抱いていた。それは、叱責されると覚悟を決めていたのに、寧ろ慰めてくれたからである。

この時、川田と正男の話をじっと聞いていた御坊組の白石が、二人の間に口を挟んだ。

「川田さん、その電気溶接機なら、確か組の倉庫の中に眠っている筈だから、どうぞお使い下さい。それに、わいがその電気溶接機を、この現場まで運んで来て上げますよ」

「そりゃあ、白石さん済まないね。そうしてもらえると本当に助かります」

川田は白石の親切な好意に対して、深く感謝の言葉を述べた。

「こういった場合には、お互い様ですから、あまり気にしないで下さいよ」

「それではお言葉に甘えて、そうさせて頂きます」

川田は首の辺りに手をやりながら、再び白石に向かって丁寧に礼を述べた。

「それじゃあ、自分はここに残り、溶接をするばかりに準備をしておくから、正男は白石さんのバタバタに乗せてもらい、この現場まで電気溶接機を運んで来てくれないか」

「はい、判りました」

正男はブルドーザーの修理が出来る目鼻が付き、安堵《あんど》した気持ちになり、これでやっと胸をなで下ろすことができた。しかし、その反面に於いては、白石と言えば正男の恋敵であり、御坊市まで一緒に行くことには多少のためらいはあったが、そこは飽くまでも仕事であり、仕方のないことであった。

それに、白石と恋敵であることは正男自身のみが知っていることであって、相手の白石はなにも知らないのが何よりの救いであった。

こうして話が決まると、川田はブルドーザーが止まっている河原に向かい、白石と正男の二人は御坊組の工事現場前に止めてあった小型三輪トラックへ乗り込んだ。

白石と正男を乗せた小型三輪トラックは、日高川沿いにある蛇行した道路を、一路御坊市を目指し走り続けた。

やがて、トラックは和佐駅を通過し、狭い道路に差し掛かると、前方から一台の小型トラックが、こっちへ向かって走ってきた。

お互いに対向車同士が近づいて来たが、道幅が余りにも狭いために、二台の車はすれ違うのが非常に困難な状態であった。双方の車は凡そ五メートルほど近づくと道路の中央に一時停車し、お互いが睨み合い、双方ともに道を譲《ゆず》ろうとしなかった。

正男は車の補助席から降りて、道路の前方と後方を見渡したところ、こちらの車を凡そ十メートルも後退させれば、すれ違いが可能な広い場所があると思ったので、ほんの軽い気持ちで、

「私たちのバタバタをバックして、道を譲らなければなりませんね」

と白石言うと、

「いつものことなんだから、横から口を出さないで下さい。いずれ、わい等の身分が判ればば、あちらのバタバタの方が、勝手にバックをしますよ」

白石は少しばかり不貞腐《ふてくさ》れた表情になり、口を尖らしながら言った。

正男は余計なことを言ってしまったのかと思い、もう何も言わずに黙って見ていた。

相手方の運転手は、文句を言おうと車から降りて来た。しかし、こちらの車のドアの側面に白いペンキで書かれた、御坊組という文字を見たとたん、その運転手は何一つ文句を言わず、再び自分の車に乗り込むと、二台の車がすれ違い可能な広い場所まで、何と百メートル以上も後退を始めたのである。

やがて、相手の運転手は、車をすれ違いが可能な広い場所まで後退させると、自分の車を道路の左端いっぱいに寄せて待機した。

正男たちの車は、その広くなった道路を堂々と通過して行くと、相手方の車に乗ってい

た二人は、かなり腹が立っていたのであろうか、そっぽを向いていた。

正男は、その情景をつぶさに眺めていたが、何故それほどまで御坊組に遠慮をするのか、その理由について、白石の顔色を窺いながら、

「対向車の連中は、御坊組と書かれた文字を見ただけで、何故あんなに怖がっているのですか？」

とそれとなく尋ねた。

「奴らは、御坊組が被差別部落の集まりであることを、よう知っちょるからだよ」

「彼らは何故、被差別部落の人たちを敬遠したり、怖がったりするのですか？」

正男はさらに尋ねた。

「わいたちは、いざという時には団結して立ち向かうから、奴らはそれが怖いんだろうよ……。その理由は何と言っても、わいたちの仲間は、誰もがあらゆる面で弱い立場にあるから、お互い団結しないと、生きてはいけないんだ」

白石は差別のある今の社会を憎み、そうすることがせめてもの報復手段であることを訴えていた。

「こんな狭い地域内に於いて、同じ日本人同士が啀《いが》み合って暮らしているなんて、常識的に考えても、お互いが不幸ですよ」

正男は白石の怒りに歪んだ顔を眺めながら、心の底から気の毒になり、彼の立場に同情

した。

「日本は、なんせ周囲が海に囲まれた島国だから、そこに住む人たちは閉鎖的になり、一度こうと決めたら、中々直そうとしない民族なんだ。だから、もう疾《と》うに諦《あきら》めているよ」

白石は遣《や》る瀬ない気持ちになり、投げやりになっていた。

「白石さん、これは日本人として恥ずべきことなんだ。こんなことを続けていたら、いつかは世界中の物笑いの種になり、日本人は自己中心的な心の狭さに、世界中の人たちから嫌われますよ」

正男は精一杯の慰めの言葉をかけていた。

「これは戦時中のことだが、兄貴は赤紙一枚で徴兵され、入隊当初はよく気のつく兄貴の姿を見て、上官からは可愛がられ、兄貴は、上官の身の回りのお世話をしているんだと、わい等に喜んで話をしてくれたんだ。

ところが、被差別部落の出身と判ったとたんに、その上官からは冷遇されるようになり、挙げ句の果ては、激戦地の南方方面へ派遣され、その先で戦死したという公報の連絡を受けたんだ。

戦死した兄貴は弟思いだったから、わいの子供の頃は、良く可愛がってもらったよ。だから今でも、あの頃の兄貴の夢を見るんだ」

この時に、白石は兄の面影を思い浮かべているのか、両方の目尻からは涙が滲《にじ》み出て、目はうっすらと赤みを帯びていた。

普段の白石は御坊組の先頭に立ち、あの頑強な体格と抜群の指導力であった。しかし、正男はこの光景をつぶさに眺めていると、この時ばかりは彼の想像もできない弱い一面を見た思いであった。

「戦後の日本は、平和・自由・平等の三つの柱を基本にした、新しい平和憲法が施行され、あれから何と九年も経っているというのに、未だに人種差別が解消されないなんて、この国は一体どうなっているんだろうか？」

「山本さん、どんなに新憲法で平等にせよと謳っていても、この同和問題は長い歴史があるから、そんな一朝一夕では解決ができない問題なんだ。

それに、具体的な罰則規定が明確にされていないから、あってもないような法律なんだよ」

このようにして、白石と正男の話は、次から次へと続けられていったが、ふと周囲を見渡すと、二人を乗せた小型三輪トラックは御坊市内へと入ってきていた。

正男が初めて見る御坊市は、老舗の店が建ち並ぶ商店街があり、市内の道路沿いには、『同和地区を守る会』とか、『部落差別をなくせ』とか、『部落民にも社会参加の門戸を開けよ』などと書かれた、立て札や看板が、あちこちに設置されてあった。

このとき正男は、同和問題について話し合っていただけに、これら市内の随所に見られる看板や立て札などを、車の中から興味深そうに眺めていた。

やがて、小型三輪トラックは御坊市の中心街を通り抜け、白石たちが住んでいる被差別部落へ入ってきたが、その場所には三十戸ほどのバラック建ての家屋が建ち並んでいた。

御坊組の倉庫は、そのバラック建ての家屋が建ち並ぶ外れの方にあった。その倉庫内には土木用の資材や道具などが、所狭しとばかりに入っていたが、その奥の方には紛れもなく、埃まみれの電気溶接機が置かれてあった。

白石と正男の二人は休む間もなく、その重い電気溶接機を倉庫から運び出し、やっとの思いで車の荷台へ積み込んだ。

斯くして、電気溶接機を積んだ小型三輪トラックは、一路十数キロほど離れた日高川工事現場へ引き返し、現場事務所へ到着したのは午後二時を少し過ぎていた。

その現場事務所から百メートルほど離れた電源盤の前には、排土板のアームの部分が折損した一台のブルドーザーが止められ、川田チーフによって電気溶接ができるばかりに準備がしてあった。

白石は小型三輪トラックをブルドーザーが停止している直ぐ近くに止め、直ちに車から降りると、

「川田さん、御坊の倉庫から電気溶接機を運んで来ましたよ」

と言って、川田に向かって報告をした。

「やあ、白石さん、どうもご苦労さん」

川田は首のあたりの汗を拭きながら、愛想よく礼を述べた。

「車に積み込むのに手間取ってしまって、随分と待ったでしょう？」

「いや、いや、そんなことはありませんよ。それでは早速、電気溶接機を車から下ろしましょう」

川田はこう言うと、自分から先に立って車の荷台の上へかけあがった。

このようにして、三人掛かりで電気溶接機を車から下ろすと、白石は再び小型三輪トラックに乗り込み、工事現場の方へ走り去って行った。

「それでは電気溶接機の電源コードを、その電源盤へ接続してくれないか」

川田はこうして正男に指示をすると、彼自身は溶接する側の二本の太いコードを、溶接をする場所まで一杯に伸ばし、溶接の準備に取り掛かった。

「川田さん、折損の状態はどうですか？」

正男は電源コードを接続すると、川田が準備をしている直ぐ近くまで歩み寄り、危惧の念を抱きながら、控えめな声でそっと尋ねた。

「お前らが御坊へ行っているあいだ、よく調べてみたところ、排土板のアームの部分の他にも、あちこち亀裂《きれつ》が入っていたよ。だから、何れは他の箇所で折損《せっそん》する運命になっていたんだ。今回の折損の原因は、お前の責任じゃあないから安心しろ！

それじゃあ、自分が今から電気溶接をするから、正男はそこにある竹箒《たけぼうき》で、溶接する場所を綺麗《きれい》に掃いてくれないか」

正男は自分に責任があると思っていただけに、川田の折損原因の説明を聞いて、これでやっと安堵したのか、胸をなで下ろしていた。

それ故に、正男は気分的にも楽になり「はい」と元気よく返事をすると、両手に竹箒を握り締め、溶接する表面に付着している玉砂利や砂や泥などを綺麗に掃き落とした。

川田は早速、電気溶接の準備に取り掛かった。先ず、排土板のアームの折損箇所を溶接する為に、川田と正男の二人は、太くて長い鉄製のバールのようなものを使い、その折損箇所の接合部をこじって合わした。

川田はほぼ合ったと思った時点で、その場から離れると、折損した箇所の真ん前に近づき、

「今から自分が、仮溶接をするから、この儘じっと動かないようにして、バールでこじっていてくれ」

と言うと、腰をかがめ、片目を閉じて、その接合部のズレを確認した。このとき正男は、こじっているバールに、全体重を掛けて耐えていた。

「もう少し、バールに体重を掛けてくれ！」

川田はもどかしそうに言うと、彼もバールに手をかけ、大きな声を掛け合い、二人掛か

りでこじったのである。このとき川田は姿勢を低くして、折損した箇所の合わせ具合を確認しながら、バールをこじっていた。

「まあ、こんなところで良いだろう。それじゃあ、今から仮溶接をするから、その儘じっと力を入れて、絶対に動かないようにしてくれ！」

そして、川田は両手に革手袋を嵌《は》め、左手には溶接用の保護面を持ち、右手には安全ホルダーを持った。そして、その安全ホルダーの先には、太さが五ミリほどの溶接棒を挟み込み、凡そ五センチくらいの間隔で溶接を始めた。

「よーし、もう良いぞ。それでは仮溶接をしたから、そのバールを外してくれ！」

川田は前屈みの姿勢になり、腰をじっくりと構え、本格的に電気溶接の作業を始めると、バチバチと大きな音を立て、写真を撮る際のフラッシュを焚いたように、青白い火花があたり一面どことはなしに、四方八方に飛び散った。

この電気溶接とは、溶接される母材と被爆《ひばく》アーク棒との間に電圧をかけ、その時に生じるアーク熱により溶接されるのであって、要するに、溶接棒はアーク熱で溶融し、アーク熱で溶融した母材とが互いに溶け合い、母材と母材との接合部を隙間なくぴったりと埋め、やがて、それらが凝固して溶着金属となるのである。

正男は傍らに置いてあった溶接用の黒色のメガネを掛けると、川田チーフが次々に電気溶接をしている箇所の手元を熱心に見ていた。

その電気溶接される箇所は、溶接棒との間で青白い光を放ちながら、それが互いに溶け合い、丸い水玉のような形状を残し、それが何層にも盛られ、接合部の隙間は円を描くようにして埋められていったのである。

川田が電気溶接の作業を暫くのあいだ続けていた結果、折損したアームの箇所は強固に溶接され、殆ど正常に近い状態になった。すると、川田は少々疲れたのか、溶接の作業を一時中断し、溶接をした後のカスをハンマーでコツコツ落とした。

正男は川田が休憩している合間に、自分でも電気溶接の技能を何としても習得したい気持ちになり、彼の顔色を窺うようにして、

「川田チーフ、私も電気溶接の作業を教えて下さい」

と言って、積極的に申し入れた。

当時のブルドーザーのオペレーターは特殊な土木機械の為に、故障が発生した場合には、殆ど自分たちで修理をしていた。それ故に、正男は先輩である川田のような一人前のオペレーターになるには、どんな仕事にも挑戦し、何でも出来なければならないと思ったのである。

「それじゃあ、他の亀裂の箇所は、お前に任せるから、少しは遣ってみるかね？」

川田は正男の気持ちを察して言った。

「川田さん、お願いします」

正男はその言葉を待っていたかのように、元気良く返事をした。

川田は電気溶接の作業について、手順良くひと通りの説明をすると、亀裂箇所を溶接しながら、身を入れて実地指導をした。

「この電気溶接の作業は、自分で実際にやらないと中々コツが摑めないから、自分が教えた通り、お前一人でやってみるんだな。でも、何べんも言うように、目だけは注意しろよ」

川田は電気溶接の用具一式を正男に手渡しながら、溶接についての注意をした。

そして正男は川田に指導された通り電気溶接を始めたが、頭の中で考えているようには、どうしても円滑に作業が進まなかった。

その作業の難点とは、最初に一瞬だけ溶接棒と母材とを接触させ、僅かな間隔を一定に保ちながらアーク放電をさせ、その熱により溶接棒と母材とを溶融して、それで双方の母材が溶接されるのだが、正男には、その僅かな間隔が摑めず、開き過ぎてアークが出なかったり、近すぎて溶接棒と母材とが接着状態になったりして、一向に上達しなかったのである。

その間隔が摑めない理由として、溶接用の保護面の窓は黒色のガラスであるから、通常は真っ暗であり何も見えないが、火花が散ってから初めて見えるのである。それ故に、正男は火花が出始める前には、どうしてもその青白い火花を見てしまい、アーク放電が続くようになってから、ようやく溶接用の保護面を使用するのだった。

川田は正男の電気溶接をする姿を、はらはらしながら眺めていたが、遂には黙っていられなくなり、

「正男！　電気溶接をする際には、溶接用の保護面から、絶対に目を離したらダメじゃないか。そんなに青白い火花を肉眼で見ていたら、いずれ目が潰《つぶ》れてしまうんだぞ！

もう危なくて見ていられないや。あとの亀裂の箇所は自分が溶接をする。だから、お前は溶接なんか、もうやらなくてもいいから、そこで自分が溶接するのをじっくりと見ておれ」

とかなり厳しい口調で注意をした。

「川田さん、やっと馴れてきたところです。もう少し私にやらせて下さい」

正男は溶接をした後のカスをハンマーで落としながら、川田に懇願《こんがん》した。

「そこまで言うのなら、もう少しやってみるか。でも、これからは肉眼で火花を見るようなことは、絶対にダメだからな！」

川田は心配な表情で、再び忠告をした。

「はい、判りました」

正男は自信のない返事をしたが、今度こそ肉眼では火花を見まいと心に決めて、懸命になって溶接作業に従事した。

一方、川田は正男が溶接作業をしている傍《かたわ》らで、熱心に眺めていたが、その時に、明和建設の職員が仕事の打ち合わせに訪れ、溶接作業は正男に任せることになり、二人は事務所の方へ行ってしまった。

このことは、正男にとっては電気溶接を覚える為の絶好のチャンスであった。それ故に、正男は早く上達しようと思うあまり、努力をすればするほど、誰も注意をする人がいないことも災いし、やはり、その青白い火花を肉眼で見ながら溶接をしていたのである。

そんな無謀なやり方だったが、電気溶接を覚える為には急速な技能の進歩を遂げ、アーク火花は途切れることなく続くようになり、どうにかこうにか、電気溶接のコツのようなものを会得することができた。

このようになると、正男は電気溶接の作業が非常に楽しくなり、自分で作業をした箇所のカスをハンマーで落とすと、次々に亀裂箇所を見つけ、片っ端から溶接を行い、休む間もなく続けていったのである。

正男が溶接をした後の表面は、川田チーフのように滑らかではないが、多少の凸凹と小さなピンホールがあったにしても、波の模様が綺麗に描かれ、自分としては充分に満足するものであった。

川田が正男の前に戻って来たのは、それから二時間くらい経ってからである。

「やあ、すまん、すまん。仕事の打ち合わせが長引き、遅くなってしまったよ。それにしても、電気溶接の方は、かなり腕をあげたな。初めてにしては上出来だよ。これだけ表面が綺麗なら立派なもんだ。お前も何とか、電気溶接が出来るようになったじゃあないか」

川田は正男が溶接をした後の状態を眺めながら、正男の出来ばえを盛んに賞賛《しょうさん》していた。

「お蔭さまで、何とか、電気溶接のコツを摑《つか》めました。でも、川田チーフが溶接した後のように、滑らかにはなりませんね」

正男は恥ずかしそうな表情をしながら、謙虚な気持ちで答えた。

「初めてなんだから、まあ仕方ないさ。どれ、今度は自分が溶接をするから、正男、その溶接用具をちょっと貸してくれないか」

正男は川田に溶接用具一式を手渡すと、川田は正男が溶接した箇所の不備と思われる上から、念入りに電気溶接を施した。

斯くして、電気溶接を始めてから終了するまで、凡そ三時間以上も掛かり、その後、電気溶接機や溶接用具などを小屋の中へ片付けたり、ブルドーザーの各部の整備点検などをし、完全に終了したのは午後五時三十分を少し過ぎた頃だった。

川田はブルドーザーのエンジンをかけ、運転席に乗り込むと、排土板を上下させながら、

「これで、ブルドーザーはもう大丈夫だろう。今日の作業を切り上げるには、まだ少し早いから、もうひと仕事して来るから」

と言うと、日高川の河川敷を目指し、周囲に砂煙をあげながら、走り去って行ったのである。

正男はブルドーザーが走り去る勇壮な姿を見て、やっと安堵し、胸をなで下ろしながら、その場にいつまでもいつまでも佇んでいた。

第七章　友　情

それから暫くして、正男は何となく自分の目に嫌な予感を覚えた。それ故に、正男は取り敢えず宿舎へ帰ろうと思ったが、彼の両目からは無性に涙が溢れ、次第に鬱陶《うっとう》しくなり、目を開いていることさえ辛くなってきた。

正男は遂に宿舎へ戻るのが困難になり、明和建設の事務所の前まで足を引き摺《ず》るようにしてやって来ると、道路端に置いてあった木材の上へ屈み込み、海老《えび》のように丸くなり、両手で目を覆《おお》ってその異状に耐えた。

――僕の目はこのまま潰《つぶ》れてしまい、永遠に何も見えない盲《めくら》になってしまうのだろうか？　それに、こんな惨めな姿を見たら、洋子ちゃんや、両親や妹たちはどう思うだろうか。これから先、一体どうしたら良いのだろう……。

正男は医学に関して無知ゆえに、そんな悲惨な状態になることを考え込み、自分の哀れな前途を悲観し、途方にくれていた。

この時に、事務所に勤務していた洋子は、正男が屈み込んで苦しんでいる姿に気付き、彼の元へ取る物も取り敢えず、悲壮な表情で駆け付けた。

「正男ちゃん、どこか具合でも悪いの？」

洋子は顔を曇《くも》らせながら、正男の顔を覗き込むようにして尋ねた。

すると、正男は心痛な言葉を掛ける洋子の声に、眩しそうに細目をして、彼女の顔を虚《うつ》ろな目で見ながら、

「目が、目が、何も見えないんだ……」

と悲痛な声で訴えた。

「そんなに目を真っ赤にして、どないしたんや」

洋子はその場に屈み込み、正男の瞼《まぶた》をじっと見詰めながら、困惑した表情で尋ねた。

「今日の午後、電気溶接の作業をしたが、その時の溶接の火花でどうも目を焼いてしまったらしいんだ」

正男は目を焼いた原因について洋子に訴えると、再び両目をしっかり押さえ、目の中がゴロゴロする激痛に辛抱強く耐えていた。

「うち、どないしたら良いのかしら……」

洋子は如何にして良いやら、おどおどするばかりで、なす術も知らず硬直状態になっていた。

「そうだわ、敏江ちゃんを呼んでくるから、ここで、待っててくれはる」

洋子は何か思い付いたのか、これだけの言葉をいい残すと、その場から直ちに離れ、事

務所の方へ駆けていった。そして、洋子が連れて来た女性は、同じ事務所で働いている彼女よりも四、五歳くらい年上の、川上敏江という事務員であった。

「山本さん、洋子ちゃんからは大体のことは聞いて来たけれど、電気溶接の火花で目を焼いたんですって、それはお気の毒さまです。山本さん、その焼けた目をちょっと見せてくれはる？」

敏江は両手の指で、正男の両瞼をそっと上下に見開くと、暫くのあいだじっと見詰めていた。

「敏江ちゃん、どないしたら、良いのかしら」

洋子はそばにいて、居てもたってもいられないほど気掛かりであり、心配のあまり尋ねた。

「ありゃー、こりゃあ酷《ひど》いわ。両方の目が真っ赤っかじゃあないの。山本さん、目の中がゴロゴロして痛いでしょう？」

敏江はまるで自分でも経験したことがあるかのように、目を焼いた時の痛さをよく心得ていた。

「敏江ちゃん、どうやって治したらいいの？」

洋子は敏江に、治療の方法について、必死になって尋ねた。

「実は、うちの兄も電気溶接の火花で目を焼いたことがあるの。その時には、目の上から水で冷やすのが一番だと言っていたわ。それに、兄はこうも言っていたわ。電気溶接を覚えたての頃は、誰だって目を溶接の火花で焼くのを経験しながら電気溶接が上手になっていくんですって。

山本さんの場合には、最初から電気溶接を長い時間、無理してやっていたから、目の焼け方が特にひどいんだわ」

敏江は洋子の先輩らしく、兄の貴重な体験を基にしたものであり、非常に信憑性《しんぴょうせい》の高い説明であった。

それ故に、正男は盲《めくら》になるかも知れないと真剣に悩んでいただけに、敏江の話を聞いて、やっと安堵した気持ちになった。

「山本さん、何れにしても早く宿舎に帰って、目を冷やさなければいけないわ。これから、うちと洋子ちゃんと二人で案内しますから、山本さんの宿舎まで参りましょう」

敏江と洋子の二人は、互いに正男の両脇を抱えるようにして、宿舎の方角へ向かって歩き出した。

「どうも、お世話になります」

正男はひとこと礼を述べると、恥ずかしそうに、ぴょこんとお辞儀をした。

「困っている時には、お互いさまですわ」

正男は若い二人の女性に挟まれ、宿舎に向かって歩き出したが、彼の目の痛みは座っている時よりも遥かに激しくなっていった。まるで瞳の中を小さな玉っころが、ゴロゴロ転がっているような激痛が走り、正男は時々屈み込んでは、そんな激痛に耐えた。

「正男ちゃん、辛いでしょうが、間もなく宿舎へ着きますから、もう少し辛抱して下さい！」

洋子は激痛に耐えている正男の姿が余りにも不憫に思われ、今にも泣き出しそうな悲しい声で激励の言葉を送っていた。

「どうも、すみません」

正男は痛みに耐えながらも、精一杯の礼を言った。

「山本さんには、それだけ話せる元気があるきに、そやよって、もう大丈夫や」

敏江は正男の肩をポンと軽く叩き、彼に元気をつけていた。

やがて、正男ら三人連れは、やっとの思いで宿舎へ辿り着くと、先ずは二人がかりで正男の身体を布団の上へ寝かせた。

それから、洋子はその場から離れると、洗面器に水を一杯入れて枕元まで運んできた。そして、正男の目のあたりの上を、濡れたタオルを次々に載せ替えては冷やした。

洋子の行為をじっと見詰めていた敏江は、これでやっと安堵したのか、

「うちはこれで帰るさかい、洋子ちゃんはここへ残り、川田さんたちが帰って来るまで、山本さんの看病をしてやってね。そのことに関しては、荒川所長さんに、その旨《むね》、よく話

をしておくから」

「川上さん、色々とお世話になりました」

正男は敏江の方を振り向き、彼女が立ち去る後ろ姿に向かって礼を述べた。

敏江が立ち去った後は、正男と洋子の二人だけになり、何となく心細くなっていった。

その間、洋子は正男の目の痛みを気遣い、何も語り掛けようともせず、ひたすらタオルを水に浸しては、正男の目を懸命になって冷やしていた。

それに対して、正男の目の中は、まるで火が燃えているようにカッカ、カッカと熱くなり、瞳の中を小さな玉っころがゴロゴロと転がっているような、そんな激痛が相変わらず続いていた。

正男はあまりの激痛の為に、己の殻の中に閉じ籠《こ》もり、洋子が枕元で看病していることさえ判らなくなり、ひたすら激痛に耐えていた。

それから約一時間くらい経ったであろうか。外の方から人の話し声が聞こえた。川田と森と大橋の三人が、この宿舎へ帰ってきたのである。

「正男、目の痛みは、一体どうなんだ？」

川田は正男の痛々しい姿を見て、宿舎の中へ入るなり開口一番、心配のあまり正男に向かって声をかけた。

「明和建設の事務所へ立ち寄り、所長の荒川さんから、大凡のことは聞いて来たが、今回のことは、自分にも大いに責任があるからなあ……。どれどれ、ちょっと、その目を見せてくれないか」

川田は直ちに正男の傍らに歩み寄り、両手の指で正男の両瞼をそっと上下に見開き、彼の目の痛みに気遣いながら、じっと見入っていた。

「それにしても電気溶接の火花で、随分と目を焼いたもんだなあ……。お前の目は真っ赤っかだぞ！　これじゃあ、目が痛いのは無理はないわ。でも、自分がそうだったように、今晩じっと我慢をすれば、明日にでもなりゃあ、けろりと治ってしまうさ」

川田は正男の真っ赤になった目を見て驚き、慰めの言葉を掛けていたが、その時に、彼の枕元で看病をしている洋子の方へ目を向けると、

「松本さん、この度は、うちの山本が色々とお世話になり、その上、こんなに遅くまで看病させてしまって、本当にありがとう」

と言って厚く礼を述べ、深々とお辞儀をした。

「あら、困っている時には、お互いさまですわ。うちらが勝手にやったのであるさかい、あまり、お気になさらないで下さい」

洋子は恥ずかしそうに、川田の視線を逸《そ》らしながら言った。

「今夜は、こんなに遅くまで看病をさせてしまって、本当に済まなかったね。このことは皆さんにも、宜しく言っておいて下さい」

川田は洋子に向かって厚く礼を述べた。

「それでは、これで失礼しますが、あとのことは宜しゅうお願いします」

洋子はこれだけのことを言い残すと、直ちに宿舎から立ち去っていった。

その後は、正男の枕元には川田ら三人が座り、お互い固く口を閉ざし、彼の目の痛む姿をじっと見守っていた。それから暫くして、最初に口を切ったのは川田であった。

川田は今日の午前の作業中に於いて、ブルドーザーの排土板のアームの折損事故から始まり、その箇所を電気溶接機で溶接をしたが、その時の青白い火花により、正男の目を焼くまでの経緯について、パワーショベルを運転している、森と大橋の二人に順を追って説明したのである。

そのとき大橋は、普段から正男の隣に寝ていたことから、そのまま洋子の後の看病役を引き継いだ。

そして、川田が経緯を説明している間も、ひたすらタオルを水に浸しては、正男の目を懸命になって冷やしていた。

やがて、夜も遅くなり就寝時間になると、大橋は、その時が来るのを待っていたとばかりに、

「今夜は寝ずに頑張りますので、山本君の看病は、私にやらせて下さい」

と言って、自ら率先して申し出たのである。

「そうだなあ……。大橋は正男の隣に寝ているから看病をするには好都合じゃろう。それでは済まないが、正男の看病は、君にお願いをしようか」

川田は大橋の表情を思案顔で見ていたが、彼の申し出を素直に認めた。

「大橋さん、面倒をかけて、どうも済みません」

正男は目の痛さに耐えながらも、目の上の濡れたタオルを外し、眩しそうに目を見開くと、大橋に対し恐縮しながら礼を述べた。

それから間もなくして、部屋の電気が消されると、急にしーんと静まり返り、正男にとって紛らわすものがないだけに、目の中のゴロゴロとした痛みをより激しく感じ、この閑散とした静けさは、なお一層の不安を募らせた。

一方、正男の隣に寝ている大橋は、枕元に置いてあるスタンドの灯を頼りに、時々起き出しては正男の目の上のタオルを水に浸し、それを絞っては目の上に載せていた。

——川田さんが言っていたように、明日にでもなれば、すっかり痛みも取れ、目が開けられるようになるのだろうか？　もしも治らなかったら、一体どうしたら良いのだろうか。

正男は臆病風に吹かれていたのか、そんな不安に苛まれ、また、その悩みは、際限なく続いたのであった。

斯くして、正男は目の痛みと不安に怯《おび》えながら悶《もん》々とした時を過ごしていた。正男は朦《もう》朧《ろう》とした意識の中で、今から六か月前の、東京国土開発へ入社してから、日高川工事現場へ着任するまでの経緯について、じっと思い浮かべていた。

その当時、会社側として、正男たちを一人前のブルドーザーのオペレーターにする為には、それ相応の養成期間がどうしても必要とされていた。

それ故に、正男は都内の北区内にある王子モータープールで二日間ほど勤務をすると、直ちに神奈川県の相模原にて、二週間の教育実習を受けることになったのである。

その教育実習の最初の日、正男は横浜線の淵野辺駅で下車すると、大きなバッグを両手に提げ、地図を頼りに駅前の商店街を通り抜けた。そして、それから五百メートルほど進むと、その周囲一帯は文字通り、相模原という名前に相応《ふさわ》しい、見渡す限り広々とした畑作地帯が、果てしなく何処までも拡がっていた。

この相模原一帯は明治以降の開拓村落が多く、広大なる森林原野が残され、養蚕を中心とした畑作農家であった。ところが、この相模原一帯は都心にも近い距離にあり、しかも広大な平野にも恵まれていたので、日華事変、並びに第二次世界大戦を契機として、徐々に軍用地化されていったのである。

それ故に、正男がいま歩いている周囲の畑作地帯は、戦時中には軍部の訓練基地として、使用されていた場所でもあった。

その畑作地帯を何処までも歩いて行くと、遥か前方には養成所と思われる、兵舎のような古びた建物がくっきりと見えてきた。

やがて、正男がその古びた建物の中へ入って行くと、入り口付近のところでは、これから先いろいろと指導を担当する二人の教官と、それに、実習生の賄《まかな》いなどを担当する二人の小母さんから、心温まる歓迎を受けた。

斯くして、定刻の午前十時には、その日から教育実習を受ける正男たち十二名が集まり、五十歳くらいの年配格になる教官から、今後の教育スケジュールについて詳細に説明を受けた。

午前中は主として、教本を基にブルドーザーの構造、整備方法、運転技術などの授業を受け、午後に入ると、直接ブルドーザーそのものに触れ、整備及び点検、始動から運転、それに排土板の操作など、何れにしても一人前のブルドーザーのオペレーターとしての、すべての技術を身に付ける為の指導を受けた。

正男たちが教育実習に使用していた二台のブルドーザーは、キャタピラー製のＤ６型という、どちらかというと小型に属するタイプであった。

そのエンジンの始動方法は手動式であり、先ずフライホイルの部分にロープを巻き付け、そのロープを勢い良く引っ張って始動する筈であるが、正男には腕力がないのか、何回となく力を入れて、そのロープを引っ張ってはみたが、エンジンは一向に起動しなかったのである。

それに、ブルドーザーの運転をしながら排土板を操作して、整地作業をするのだが、その際の排土板の操作がむずかしく、正男はその要領がなかなか摑めず、彼がブルドーザーで整地作業をした後は、却って凸凹になったり、エンジンを止めてしまったりしていた。

その為に、正男は何回となく、排土板の操作の特訓を受けるのだが、幾ら頑張ってみても、所詮駄目なものは駄目であり、さっぱり上達する見込みもなく、自分自身に愛想を尽かし、途方にくれていたのである。

やがて、午後の厳しい実地訓練の実習が終わり、正男たちが食堂内で寛いでいると、その時にラジオから流れて来たメロディーは三浦洸一が哀愁を込めて唱う、♪旅の落ち葉が、しぐれに濡れて……という歌であった。

この『落葉しぐれ』という歌は、正男の落胆した気持ちを代弁してくれるような、何となく物悲しく侘びしいものであった。

それから約十日間ほど過ぎ去り、養成期間の終了も間近になった頃には、正男を含めてだれもが、エンジンの始動は一発でかかるようになり、それに、排土板の操作は、恰も自分の手足のように、変幻自在に操作出来るようになっていた。

それ故に、最初の頃どうしても出来なかったことが、今になって振り返ってみれば、それが嘘のようにさえ思えてならなかった。

それは僅か十日余りの教育実習であったが、その間に、誰もが体力的にも精神的にも強くなり、社会人としての人格が形成された期間でもあった。

やがて、正男たち第一期生十二名は、二週間の教育実習を無事に終了すると、それと入れ替わりに、新しく第二期生十二名が、この養成所へ入所して来たのであった。

斯くして、第一期生十二名は、この養成所から一人前のブルドーザーのオペレーターとして巣立ち、都内にある王子モータープールへ出社をすると、それを待っていたかのように、正男の同僚たちは次々に全国の工事現場へと出張していった。

一方、正男はモータープール内の修理工場で勤務をしていたが、出張先が決まったのは、それから一週間後のことであった。

正男は運転課長から呼び出され、事務所内へ入って行くと、和歌山県の日高川工事現場へ出張することを正式に言い渡されたのである。

それは、爽やかな新緑が茂る四月の下旬の頃であった。正男は東京駅のプラットホームで、両親、それに中学二年と小学六年の二人の妹に見送られ、後ろ髪を引かれる思いで、東海道の夜行列車に乗車し、遥か遠い和歌山県の工事現場へ向けて出発したのである。

この時、正男は虫が知らせるのか、家族とはもう永遠に逢えないような、そんな不吉な予感が彼の脳裏を掠めた。それは、一人旅という寂寞《せきばく》とした不安が、そう感じさせたのであろうか。そんな嫌な気持ちを忘れ去ろうとして、正男は蚊が鳴くような小さな声で、歌を口ずさみ、そんな不安感を紛らわしていた。

斯くして、正男を乗せた夜行列車は、東京駅を出発してから、凡そ十時間後の翌朝には定刻通り大阪駅へ到着した。

それから、更に大阪環状線に乗り換え、紀勢西線の始発駅である天王寺駅で下車し、天王寺駅から紀勢西線へ乗り継ぎ、田辺行きの普通列車へ乗車したのである。

天王寺駅から和佐駅までは凡そ百二十二キロほどあるが、正男にとっては、見るもの聞くもの全てが初めてであるから、寂寞とした気持ちになり、非常に長い距離に感じていた。

やがて、列車は紀ノ川の橋を渡り、和歌山城を通過し、南下すると、右側の車窓から眺める景色は特に素晴らしく、リアス式海岸特有の崖の出入りが激しく、海から切り立った急激な崖、散在する大小様々な岩礁と島々、砕ける白波など、カメラで撮りたいような景色が次々に通過していった。

それから暫くして、車窓の右手に有田川が見える頃になると、左手には幾重にも連なった緑に覆われた丘陵地帯が広がり、見渡す限りミカン畑一色になった。

やがて、列車は安珍・清姫で名高い道成寺を通過し、短いトンネルを潜り抜け、日高川の鉄橋を渡り切ると、やっと和佐駅へ到着したのだった。

斯くして、正男が和佐駅へ下車したのは、午前十一時を少し廻っていた。正男が大きなボストンバッグを両手に持ち、改札口から駅前へ出て来ると、そこには、川田チーフが小型三輪トラックに乗って迎えに来てくれていた。そして、正男を乗せた小型三輪トラックは、日高川工事現場を目指し、直走りに走り続けたのである。

いつしか外は夜が明けたのであろうか、部屋の中は次第に白々と明るくなっていった。正男が、目の上の濡れたタオルを外して周囲を見渡すと、何と驚いたことに、同僚の大橋が枕元に座り、正男の看病を続けていた。

すると、大橋は正男が起きたのに気付いたのか、

「山本君、おはよう……。やっと、目が開けられるようになったね。目の痛みの具合はどう？」

と彼をいたわるようにして尋ねた。

「お蔭様で、もうすっかり楽になったよ。それにしても、僕の看病を一晩中、続けてくれたのかい？」

「……」

大橋は返事こそしなかったが、確かに、寝ずに正男の看病をしていたと思われる。

この時に正男は、大橋の優しい気持ちに打たれ、彼の友情愛に依るものなのか、それとも、目の痛みから来るものなのか、無性に目から涙が滲み、それを止めることは出来なかった。

「昨夜は、相当にうなされていたが、随分と痛かったんだろう？」

大橋は心配な表情で、正男の顔を覗き込むようにして言葉をかけた。

「こんなことぐらいでうなされるなんて、男として全く情けないよ。大橋さんには、本当に迷惑を掛けてしまったね」

正男は自分の情けない行為を聞いて、本心から恥ずかしいと思っていた。

「昨夜は、あんなに目を真っ赤に腫《は》らしていたんだもの、それも仕方がなかったのさ。でも、今朝《けさ》はだいぶ良くなったじゃあないか」

大橋は正男の両目のあたりを、じっと見詰めながら励ましの言葉をかけた。

やがて、正男たち二人の話し声に、窓際に寝ていた川田と森たちも目覚め、布団から這い出ると、正男の枕元へ集まってきた。

「正男、目の痛みはどうだ？　今朝は目の赤みもかなり薄くなったようだな」

川田は、正男の両目をじっと見詰めながら言った。

「色々と、ご心配を掛けましたが、もうすっかり治りました。だから、正常通り勤務を致します」

正男は川田たちに、もうこれ以上心配を掛けまいと思い、元気を装って言った。

「まだ少しは、痛むんだろう？　だから、今日の仕事はまだ無理じゃろう」

森は未だ赤みがかっている目を見て、正男が強がりを言っているのを見抜いていた。

「いや、そんなことはありません。大橋さんが看病をしてくれたお蔭で、目の痛みは、もうすっかり治りましたよ」

正男の目の中は、実際には未だゴロゴロした違和感があったが、それを敢えて隠していた。

「でも、昨夜は目が痛くて、あまり寝ていないんだろう？　何れにしても、今日は一日ゆっくり休んでこの部屋で充分に睡眠をとるんだ！」

川田は正男に向かって、幾分か指示をするようなきつい言葉で言った。

「川田チーフ、もう完全に治りましたから、今日は平常通りに勤務が出来ますよ」

正男は川田たちから、意気地無しと思われたくなかったので、精一杯の痩《や》せ我慢をしていた。

「正男の目は仕事の上、溶接の火花で焼いたのだから、立派な公傷になるんだ。だから、自分が命令した通りに、今日一日は、ゆっくりと休むんだ！」

川田は正男の躊躇《ためら》う気持に苛立ち、彼に強く命令した。

「はい、判りました。その通りに致します」

正男は川田の顔色を窺いながら、彼の親切な言葉に素直に従った。

それから暫くして、川田、森、大橋の三人は身支度を整えると、正男一人を残して、宿舎から忙しなく出て行ったのである。

あとに残された正男は、目の上の濡れたタオルを片手で押さえながら、洋子や敏江たちの数々の親切な行為、それに、川田、森、大橋たちの厚情の行為を、じっと思い出しながら、心の底から深く感謝していた。この時正男は、脳裏に『友情』という言葉を何度も何度も描いていたのである。

第八章　洋子からの不穏な知らせ

それから一週間が経ち、台風シーズンを迎えた九月に入っていた。その日は数日前から降り続く豪雨の為に日高川が増水し、仕事が出来る状態ではなかった。

川田と正男の二人は、飯場内のテーブルを囲み朝食をとっていた。通常ならば、二人は交替でブルドーザーの運転をしているため、こうして一緒に朝食をとることは滅多にないことであった。

こうして、川田と正男の二人は、のんびりと雑談を交わしながら朝食をとっていた。

「その後、目の痛みはどうかね？」

「お蔭様で目の痛みはもうすっかり治りました」

正男は目を輝かしながら愛想良く答えた。

「実をいうと自分だって、電気溶接を習い始めの頃は、目を焼いた辛い経験をしているんだ。でも、今は目に免疫体のような抵抗力が備わり、少しくらいじゃあ、目が焼けなくなったんだ。

それに何と言っても、溶接作業をマスターしてしまえば、溶接の火花を直に肉眼で見るようなことは、自然に少なくなるからね」

川田は自分が若かった頃を思い出しながら説明をした。

「私は正直いって、目の中がゴロゴロして、一時は目が潰《つぶ》れるかと思いましたよ。でも、電気溶接の作業については、お蔭様で何とかマスターすることが出来ました。その為に、川田チーフには大変迷惑を掛けましたが、この次は、もう絶対に大丈夫ですから、私にやらして下さい」

正男は目が焼けて痛がった頃を振り返り、今後は迷惑を掛けずに溶接ができることを、川田に仄《ほの》めかした。

「ところで話は別ですが、朝食が済んだら、村の郵便局まで行って、東京の王子モータープールへ電話をして来てくれないか？」

川田は手に持っていた箸を置くと、思い出したようにして、正男に頼み込んだ。

「用件は何でしょうか？」

正男は川田の瞳をじっと見ながら、訝《いぶか》しげな表情で尋ねた。

「その用件とは、東京の王子モータープールの方へ、仕事の状況報告と、それに大至急、部品を送ってくれるよう、連絡をして欲しいんだ」

川田はこのように言うと、用件がびっしりと書かれた数枚の社便を正男に手渡した。

「この社便に書かれた用件の全てを報告すれば、それでいいんですね」

正男は数枚からなる社便の内容を、ぺらぺらと捲りながら、その内容について確認をしていた。

「電話の接続先は東京だから、下手をすると三時間くらい待たされる場合もあるんだ。だから、退屈凌《しの》ぎに雑誌かなんか持っていった方がいいよ。何しろ交換手に電話を申し込んだら、何時つながるか判らないから、その場からは絶対に離れられないんだ」

「緊急を要する場合には、何といっても電話が一番早いと思っていたのに、そんなに長い時間待たされるんですか？」

正男は川田の説明を聞いて、意外な事実に喫驚《きっきょう》していた。

参考までに、当時の連絡方法は殆どが郵便物のみであった。それは、こんな僻地《へきち》な場所には電話線が引かれていないから、電話を掛けたい場合には、川向こうの郵便局まで行って掛けていたのである。

因みに、昭和二十九年頃の全国の電話台数は、約九十万台であったが、平成十二年度には携帯電話機を加えれば、約一億台以上と言われている。

現在ではダイヤルを回すだけで、全国どこへでも直ぐに接続されるが、昭和二十九年頃は、電話を接続する先が遠く離れた数百キロメートル先ともなると、接続する回線数が少ないから、どうしても、電話がつながる迄には数時間も待たされる場合もあった。

一方、正男は朝食を済ませると、小雨が降り続く中を、川田から預かった数枚の社便と単行本などを片手に持ち、川向こうの郵便局へ出掛けた。

やがて、正男は郵便局へ着くと、直ちに局の窓口の電話交換手に東京までの電話を申し込み、局内の長椅子に座り、雑誌などを読みながら、電話がつながるまでじっと待機していた。その間、外は小雨が降り続いている為なのか、訪れる客は殆どなく閑散としていた。

それから、凡そ二時間くらい経ったであろうか、電話の交換手の女子職員から、

「東京開発の山本さん、東京の王子モータープールへ、電話がつながりましたよ」

と呼び出され、やっと電話をすることができたのである。

正男は電話口に出ると、川田から預かった数枚の社便を順に読み上げ、会社への報告事項と部品類の注文をした。その時の部品類の注文は、種類も数量も多いことから、品番、品名、個数など、絶対に間違えずに、電話連絡をしなければならなかったのである。

このようにしてから、正男は郵便局での用事を済ませると、直ちに宿舎へ戻ったが、朝方から降り続いた小雨は今はすっかり上がり、上空のあちこちには青空さえ見えていた。

正男は部屋内に入ると、川田ら三人は何処かへ外出したらしく、しーんと静まり返っていた。

この時に、ここの家主の倉田家の夫人は、正男が返って来た気配に気付き、そっと様子を窺いにやって来た。

そして、夫人は宿舎のドアをノックすると、

「山本さん、居てはりますか？」

と言って、中へ入ってきた。

「はーい、居ますよ」

正男は元気よく返事をした。

「あーあ、山本さんが居てくれて、ほんまに良かったわ。小母さんこれでやっと安心したわ」

夫人は正男の姿を見掛けると、安堵して胸をなで下ろした。

「小母さん、何かあったのですか？」

正男は驚きの目付きで、夫人の横顔をじっと見つめながら尋ねた。

「山本さんは、あんなに可愛らしい娘さんを、いつまでも待たしておくんですか。余りにも長く待っていたもんだから、うちの母屋の方へ入ってもらったんだけど、それでも山本さんは来ないから、もう諦めて帰ろうかと言っていたところなんよ」

正男は夫人からの話を聞いて、直感的に洋子であると判断した。

「小母さん、どうもありがとう」

正男は夫人に礼を述べると、その場からさっと立ち上がり、立ち去る夫人を追い越し、洋子が待っている母屋の方へ走っていった。

そして、母屋の裏口から入って行くと、暗い土間の隅には、長いお下げ髪の女性が背を向けて立っていた。その後ろ姿の女性は、今から一週間前に正男の看病をしてくれた、正しく洋子の姿であった。

正男は洋子の可憐な姿に、懐かしさが込み上げ、彼女の直ぐ近くまで来ると、

「洋子ちゃん、僕だよ」

と小声でそっと話し掛けた。

洋子は背後からの不意の声に一瞬驚いたのか、身を震わせながら振り返り、

「正男ちゃん」

と声を掛けると、悲しそうな眼差しで、正男の表情をじっと見詰めていた。

「この家の小母さんから聞いたけれど、随分と長い間、待っていたんだってねぇ」

正男は更に半歩あゆみ寄ると、息を弾ませながら話し掛けた。

「うちは、こうして正男ちゃんに逢えたんだから、少しくらい待っても、全然辛いとも思わないわ。だから気にしないでね」

洋子は正男に逢えた嬉しさに安堵したのか、やっと明るさを取り戻し、笑みさえ浮かべていた。

しかしながら、今日の洋子の表情には通常のような快活さはなく、心の底に深い悩みがあるような、何となく悲壮感が漂っていた。

「洋子ちゃん、少し元気がないけれど、どうかしたの？」

正男は洋子の打ち沈んだ表情を見て、心配のあまり、彼女の気持ちを気遣うようにして尋ねた。

「うん、両親とのあいだで、ちょっと、色々と揉め事があったんよ」

「色々な事って言うと……。もしかして、僕ら二人に関係すること？」

正男は洋子の顔を覗き込むようにして、不安な表情で尋ねた。

「ええ、まあね……」

洋子は話し難いのか、取り留めのない曖昧《あいまい》な返事をしていた。

「そうだ、洋子ちゃん。雨も上がったことだし、これから裏山の蜜柑《みかん》山へ登ってみない？」

正男は洋子の顔色を窺いながら、彼女の気持ちを元気づける為にも、蜜柑山へ登ることを打診した。

「そうね、うちの悩みを打ち明けるには、誰にも阻害《そがい》されない、蜜柑山が一番いい場所だわね」

洋子は正男の提案に諸手《もろて》をあげて同意すると、彼と肩を寄せ合うようにして、蜜柑山へ通じる山道へと向かったのである。

この蜜柑山は、昨年の台風により、日高川の堤防が決壊した際に、この付近の住民が命からがら逃げ込んだという、高さが二百メートル程の小高い丘であった。そして、その山腹の斜面には、高さが二、三メートルくらいの蜜柑の木が一面に広がり、青々した蜜柑が鈴生りになって熟していた。

二人が登って行く山道は、雨上がりの為なのか、何処も彼処も綺麗に洗い落とされ、目が覚めるような瑞《みず》々しさが、何処までも続いていた。それに、周囲は見渡す限りの蜜柑畑であるから、蜜柑特有の甘酸っぱい香りが、辺り一面に漂っていた。

正男は洋子の家で何が起きたのかを、ひたすら案じながらも、お互いが黙ったまま、急な山道を足早に登り続けた。

正男と洋子の二人は頂上付近まで登り切ると、見晴らしの良い平坦な場所へ佇み、家並みが続いている、遥か遠い御坊市内の方角をじっと見詰めた。

やがて、二人は横に並ぶようにして、傍らの草むらの上に座ったが、悩み事を話し合う為に、ここまで折角登って来たはずなのに、一言も語り合うこともなく、長い沈黙が続いた。

洋子は遠景を眺めながら、家で起きた様々なトラブルについて、じっと思い巡らしているのであろう。洋子は両目を軽く閉じていたが、目頭からは涙さえ浮かべていた。

それから暫くして、洋子は悲痛な悩み事を打ち明ける為に、目を軽く閉じたまま、漸く語り始めた。

「今から一週間も前の日のこと。うちは正男ちゃんの目の看病をして、帰るのが遅くなったことがあるでしょう？　うちは友達の家へ寄った為に遅くなったんやと、両親に嘘をついたんよ。そうしたら、誰かが両親に告げ口をしたらしく、それがすべてバレてしもうたんよ」

「それで、洋子ちゃんはご両親から、どんなことを言われたの？」

正男は洋子の身の上を不憫《ふびん》に思い、彼女の悩みを知りたいために、真剣に尋ねた。

「うちは、両親から、正男ちゃんと交際することは、これからは一切罷《まか》り成らんと、懇々《こん》と説得されたんよ。うち、どないしたら良いんだろうか？」

洋子は閉じていた目をそっと開き、正男の顔色を窺いながら、不安な表情で相談をした。

「それで、ご両親は僕との交際を反対する理由について、何て言っているの？」

正男は以前に洋子から、親が決めた婚約者が居ることくらいは聞いていたが、その他に理由がありそうな気がしたので、敢えて尋ねた。

すると、洋子は少時考え倦《あぐ》んでいたが、思いきったように話し始めた。

「まず第一に、正男ちゃんが知っての通り、両親としては、現在の御坊組をうちに引き継いで欲しいから、どうしても白石さん以外の人との結婚は一切認めないと言ってはるの。

第二として、正男ちゃんは今年高校を卒業して働き始めたばかりだし、それに、職業が渡り鳥のようなブルドーザー稼業では、いずれ不幸になることが目に見えているから、両親は絶対にダメだと言ってはるの。

第三として、あんな遠く離れた、東京の人と一緒に暮らすようになったら、言葉や食べ物、気候や風俗、習慣や人間関係など、その他、あらゆる点が違うから、困った時には相談する相手も少なく、結局のところ、苦労するのはお前なんだからと言って、今から、うちのことを懸念《けねん》してはるの。

第四として、事務所で一緒に働いている、敏江ちゃんの哀れな身の上が、引き合いに出されたわ。

敏江ちゃんは今から四年前に親元から離れ、大阪にある某会社へ就職をし、そこである男性と知り合いになり、その後、約四年間の交際が続いたそうなの。そして、いざ結婚をする段階になると、興信所を使って身元調査が行われたらしいわ。

ところが、敏江ちゃんが同和地区の出身と判った途端に、あんなに楽しみにしていた縁談は破談になり、やがては職場にも居られなくなり、泣く泣く地元へ帰って来たという、敏江ちゃんの哀れな話を、両親からうちは懇々と聞かされたんよ。

だから、うちの結婚については、敏江ちゃんの二の舞だけは絶対にさせる訳にはいかないと、両親は口を揃えて強く言い張るの。うちら、ほんまに運が悪いのねえ……」

このようにして、洋子は両親から懇々と説教されたことに対して、正男の助けを乞《こ》うがごとく、涙ぐみながら訴えたのである。

「それで、洋子ちゃんは、ご両親に何て言ったの？」

正男は洋子の顔を見詰めながら、また尋ねた。

「勿論、うちは両親の説得なんか、まったく聞き入れなかったわ。そやから、山本正男さんが好きなんだと、はっきり言ってやったの。

挙げ句の果ては両親と口論になり、父親からは、『そんなに山本という男が好きなら、いっそのこと、今の勤めなんか、やめてしまえ』と言って、大声で怒鳴られたんよ。

両親の考えでは、うちが勤めている明和建設に申し入れて、どうも、うちを退職させる積もりでいるらしいわ。そうすれば、正男ちゃんとは逢えなくなるから、いつかは、うちの方が諦めるだろうと、両親は真剣に考えているの。正男ちゃん、うち一体どないしたら良いのかしら？」

洋子は悲壮感に打ち沈み、両親との葛藤《かっとう》を打ち明けると同時に、今後の行為について尋ねた。

このとき正男は、両親の説得にまったく屈することなく、反抗を続ける洋子の話を聞いて、これほどまで意地を貫き通す彼女の気持ちがいじらしく、可愛くてしかたがなかった。

「それじゃあ、僕が洋子ちゃんのご両親に直接会い、『洋子ちゃんとの交際を許して下さい』と言って、真剣にお願いをしたら、承諾してもらえるだろうか？」

正男は少時考え込んでいたが、思い付く儘に言った。

「そんなの絶対にダメよ。うちの父親は頑固一徹《てっ》の性分だから、一旦こうと決めたらテコでも動かない主義なの。そやから、正男ちゃんがうちの父親に会ったところで、却って拗《こじ》れるばかりで、何もかもダメになると思うわ。それに父親に幾ら交渉しても、正男ちゃんを嫌っているから、多分、会おうとはしないでしょう」

洋子が正男の申し出をこれほどまでに否定する理由には、それは何と言っても、彼女の父親が御坊組の将来を案じていることを、彼女自身、十分に心得ているからであった。

「何か、良い方策はないものかなあ……。僕にとって、洋子ちゃんは絶対に必要なんだ」

正男は遣《や》る瀬ない気持ちになり、どうにもならない状況に直面し、自分の気持ちを改めて告白した。

「それはうちだって、同じ気持ちよ」

洋子も負けずに言った。

やがて、正男と洋子の二人は、お互いに手と手を固く握り締め、前方の景色を呆然と眺めながら、沈思黙考《ちんしもっこう》していたのである。

遥かに遠方の景色を眺望すれば、壮大な山並みが幾重にも連なり、その山々の上空には、天を抜くような澄み切った青空が、何処までも広がっていた。

そして、眼下を見下ろせば、青々と生い茂った稲の苗は一面に広がり、その先には日高川があり、その水面は太陽の光に反射されて、眩《まばゆ》いばかりにキラキラと輝いていた。

正男と洋子は前方のそんな景色をぼんやりと眺めていたが、二人の間には重苦しい空気が漂《ただよ》い、どうにもならないほど切なく、遣《や》る瀬ない気持ちで一杯であった。

正男が洋子の横顔を瞥見《べっけん》すると、彼女は思い悩んでいるらしく、彼が語り掛けるのを、ひたすら待っている様子であった。それ故に、正男は早急にも妙案を出さなければならない、そんな責任を感じていた。

それから暫くして、正男は邪道であるかもしれないが、ある考えを思い付いたらしく、

「洋子ちゃん、この際、二人で演技をして、君の両親を騙《だま》してしまおうか」

と洋子に向かって、打診するように尋ねた。

「ええっ！　正男ちゃん、演技をするって、どんなことをするの？」

洋子は正男が語り掛けるのを待ってはいたが、余りにも突拍子もない、演技という言葉に戸惑ってしまった。

「ほら、俳優さんが演技をするような行動をとるんだ。要するに洋子ちゃんは、その後、僕とは喧嘩別れになり、今は一切交際をしていないと、君の両親に嘘をつき通すんだよ。それに、僕と洋子ちゃんとは、出来得る限り逢わないようにし、仮に道で会ったとしても、そっぽを向いて知らんぷりしていれば、告げ口をする人も居なくなり、君の両親だって、今に自然と納得してくれるさ」

「うちの両親、そんな見え透いた行為くらいで、信じるかしら。うち、ちょっと不安よ」

洋子は危惧《きぐ》の念を抱き、顔を曇らせながら、正男の瞳をじっと見詰めていた。

「それは、やってみなければ判らないよ。それに、旨くいくかどうかは、洋子ちゃんの演技に掛かっているんだ。俳優さんが、お姫様の役になったら、それに成り切っているように、洋子ちゃんも、外見上だけでも成り切ることだよ」

正男は、洋子が心配している気持ちを和らげる為にも、幾分けしかけるように言った。

「それもそうね、よう判ったわ。うち、俳優さんになった積もりで、一生懸命がんばってみるわ」

洋子は正男に勧められて、多少なりとも安心したのであろうか、彼女の顔色にも赤みが帯びるようになった。

「ところで今後、僕ら二人の連絡方法は、どうしたら良いだろうか？」

正男は咄嗟《とっさ》に思い付いたのか、洋子の顔色を窺うようにして尋ねた。

「それなら心配ないわ。敏江ちゃんは少なくとも、うちら二人にとっては唯一の味方よ。だから、何でも敏江ちゃんを通じて連絡をすれば良いのよ」

「あっそうか。敏江ちゃんは、洋子ちゃんとは職場友達だし、それに大の仲良しだからなあ……」

このとき正男は、自分が考え付いた案は、必ずや成功するものと思えた。

「あとは、うちが正男ちゃんと仲違いになったことを、両親に強く進言することが、うちの腕次第ってところね。でも、うちの急変した態度に、両親は目を丸くして驚くだろうねえ……。何だか、今でも両親の悦ぶ顔が目に浮かぶようだわ」

洋子は明るい兆しが見えて来たので、今度こそ一抹の不安は解消したのか、両親が笑う顔を想像しながら、悪戯《いたずら》っぽく笑みを浮かべた。

「それじゃあ、洋子ちゃんには、ご両親のことは任せるよ」

正男は洋子の可愛らしい肩を、軽くポンと叩きながら頼んだ。

「ええ、絶対に旨くやってみせるわ」

洋子は正男を安堵させる為にも、自分自身に強く言い聞かせていた。

この時、正男は洋子の潤んだ瞳をじっと見詰めていたが、こんなか細い身体で、両親に楯突いた洋子の勇気がいじらしく、いつしか知らず知らず、彼女の柔らかい身体を自分の胸の中に強く抱き寄せていた。

すると、洋子は今まで両親に反抗を続けていた苦悩を、正男の胸の中で思い浮かべているのであろうか、声を詰まらせながら啜《すす》り泣いていた。

正男は洋子の髪の毛を優しく撫《な》でながら、

「洋子ちゃん、僕は大好きなんだ。もうどんなことがあっても、ここを引き揚げる時には、洋子ちゃんを、絶対に東京へ連れて行くからね」

と自分の偽《いつわ》らざる気持ちを素直に打ち明けた。

「うちだって、正男ちゃんが大好きよ。だから、うちのことを、絶対に見捨てないでね」

洋子は正男の気持ちに応えるようにして、愛の告白をすると、正男の胸の中で尚も激しく泣き続けていたのである。

斯くして、正男と洋子の二人の気持ちは、この日の午後の天気のように、身も心も晴れ晴れとなり、お互い仲良く手と手を取り合い、軽快な足取りで急な坂道を下りていった。

二人が通り過ぎて行った後には、甘い蜜柑《みかん》の薫《かお》りを乗せた微風が、二人の前途を応援しているかのように吹き下ろしていた。

第九章　日高川の増水

それから一週間ほどし、九月の中旬に入っていた。その間、洋子の演技力が功を奏したのか、彼女の両親の怒りも治まり、明和建設を退職させられるような、そんな最悪な事態だけは避けられた。

それ故に、洋子は今まで通り、明和建設の事務員として勤務を続けていた。それと同時に、正男の方も、洋子には逢わないようにする為に、明和建設の事務所へ行くのも、或いは、事務所の前を通り過ぎるのも、出来得る限り避けるよう心掛けていた。

一方、日高川の築堤工事が順調に進むにつれ、ブルドーザーやパワーショベルの河原への下り口は俄然少なくなり、当初は三箇所もあった下り口は、現在では遂に一箇所になっていた。

それ故に、河原への下り口が一箇所になると、作業終了後は、ブルドーザーやパワーショベルを河原内へ置き去りにして運転手は完成された堤防の上を乗り越え、真っ直ぐに宿舎まで帰っていった。

その理由は、ブルドーザーやパワーショベルの移動に要する時間の無駄を省き、作業効率を高めると共に、燃料費の節約にも繋がるからであった。

斯くして、正男はブルドーザーで予定時間まで築堤工事をすると、その日も通常と同じようにして、河原内にブルドーザーを停止させ、作業終了後の点検と整備を実施すると、そのままの状態にして帰宅の途についた。

やがて、川田ら四人は順に風呂へ入り、その日の作業内容を作業日報へ記入し、それから間もなくして、部屋内の電気を消灯した後に、四人とも寝床に就くと、昼間の疲れがどっと出たのか、死んだようになって寝入ってしまったのである。

その頃から、外はザーザーと物凄い音を立て、篠突くような豪雨が降り出したが、誰一人として、それに気付く者はいなかった。

外は滝のような豪雨が降り続いてから、凡そ二時間は経ったであろうか。川田は激しく降りしきる音に漸く目覚め、それと同時に、尿意を催したらしく、トイレに向かった。

川田がトイレに入ると、窓の隙間から吹き込む豪雨は、凄《すさ》まじいものがあり、彼は只ならぬ事態が発生しそうな、そんな予感を逸《いち》早く感じ取ったのだった。

「おい、みんな、早く起きるんだ！」

川田は血相を変えて、トイレから戻るや否や、大声を上げて部屋の連中を起こして歩いた。

正男も川田の起こす声で、やっと目を覚ましたが、鳩が豆鉄砲を食らった時のように、何が何だか判らず、呆然としていた。

「こらっ正男！　しっかりと目を覚ますんだ。急いで行かないと、河原に置きっ放しにしてあった、ブルドーザーもショベルも、濁流に呑み込まれるかも知れんのだぞ」

「ええっ、そりゃあ、大変だ！」

正男は川田に起こされ、緊急な状況であることを知らされ、驚嘆の声を上げた。

すると、川田は、正男と森と大橋の三人が、作業服に着替える僅かな時間さえ待ち切れず、

「さあ、出掛けるぞ！」

と言うと、自分から先に立って、部屋から出て行ったのである。

すると、正男ら三人は、川田に追従するようにして部屋から飛び出し、小屋に置いてあった雨合羽を身に付け、それに長靴を履き、手には懐中電灯を持ち、豪雨が降りしきる表へ出てきた。

「さあ、それでは自分が先頭を行くから、みんな離れないようにして、自分について来るんだ！」

川田は後ろを振り返り、各々の目を凝視しながら言うと、正男ら三人は、それに応えるようにして「はい」と一言、軽く返事をした。

斯くして、川田たちは豪雨が降りしきる中を、お互いに身を寄せ合い、気持ちの方は急

き立てながら、懸命になって走り続けた。

しかしながら、豪雨は川田たちの行く手を阻むかのように、彼らの身体を容赦なく、風雨とともに横殴りに吹き付け、走るどころか歩くことさえ困難な状態になっていた。

川田たちが進む道路には、降りしきる雨水が川のように流れ、そんな道路を走ったり歩いたりの走行は、誰もが眠っている深夜であるが故に、非常に不気味であり、心細い気持ちになるものである。

――日高川の水位は上昇し、もう、ブルドーザーやショベルの周辺は、水浸しになっているのだろうか？　いやいや、もっと増水して、もしかして近寄れないのだろうか？

彼ら各々の胸中は誰もが、そんな最悪な状態を想像していたのである。

川田は懐中電灯を前方に照らすと、豪雨の為にぼんやりと霞《かす》んではいるが、自分たちが築き上げた日高川の堤防が見えてきた。

川田ら一行は堤防の上へ駆け上がり、懐中電灯を日高川の河原の方へ差し伸べると、日高川の水位はブルドーザーが置いてある河原までには、まだ達してはいなかった。

「日高川の水位は、どんどん上昇するから、さあ、早く急がないと、ブルドーザーもショベルも濁流に呑み込まれてしまうぞ！　さあ急ぐんだ」

川田は息を切らしながら、正男らを急かせるようにして、荒々しく気合いをかけた。

すると、今度は正男が先頭になり、堤防伝いに走り続けていたが、風雨ともに更に激しさを増し、風雨は彼らの身体を容赦なく横殴りに吹き付けた。

彼らが進む方向には、何も見えず真っ暗闇であり、ゴーゴーという濁流の不気味な轟音のみが、周囲に鳴り響いていた。

やがて、堤防の上から河原の方へ、懐中電灯を差し出すと、その河原には、無事な姿のブルドーザーとショベルが整然と置かれてあった。

斯くして、川田ら一行は、堤防の上から滑るようにして駆け下りると、川田と正男はブルドーザーの方へ、森と大橋はパワーショベルの方へ、各々が懸命になって、それらが置かれている場所まで駆けつけた。

一方、川田と正男の二人は、横殴りに吹き付ける風雨の中を、早急にエンジンを始動する為、キャタピラーの上へ駆け上がった。

「これから、自分がエンジンを掛けるから、これでよーく照らしてくれ！」

川田は直ちに持っていた懐中電灯を正男に渡すと、両足はキャタピラーの上にしっかり踏ん張り、スターターエンジンのクランクハンドルを握り締め、懸命になって廻し続けた。

しかしながら、スターターエンジンは長い間風雨に晒されていた為に、クランクハンドルを繰り返し、何度も何度も廻し続けたものの、エンジンは一向に起動しなかった。

それに対して、パワーショベルのエンジンの場合には、運転席という囲いの中にあるから、風雨の影響は全く受けず、いとも簡単に起動し、その場から走り去って行ったのである。

　すると、チーフの森は、パワーショベルの運転に関しては全て大橋に任せ、後ろからブルドーザーが走行して来ないのを心配し、森は後方へ向かって走ってきた。

「川田さん、どうですか。こんな豪雨の中じゃあ、エンジンは掛かり難いんでしょう？」

　森は川田の傍らまで近寄ると、スターターエンジンを覗き込みながら、心配そうな表情で言葉をかけた。

「……」

　川田は苛立ちながら、スターターエンジンの濡れている箇所を拭き取ったり、チョークレバーなどを調整したりしては、必死になってクランクハンドルを廻していたから、言葉を返す余裕など全くなかったのである。

　正男は川田のエンジンを掛ける姿と、日高川の水位が上昇する状態を見ながら、

――スターターエンジンが、一刻も早く起動しますように……。

と心の中で呟くようにして祈っていた。

　正男は焦燥感に苛立ちながら、もう片方の懐中電灯を、日高川の本流の方へ差し伸べると、照らし出された、どす黒い色をした奔流は、怒り狂ったように水飛沫をあげ、先を競いあっているが如く、ゴーゴーという物凄い唸りを発して、下流に向かって勢いよく流れていた。

それと同時に正男は川田の疲れ切った表情を見て、彼と場所を入れ替わると、

「川田チーフ、私と交替しましょう」

と自分から率先して申し出たのである。

正男は手動用のハンドルを受け取ると、川田と同じようにして、スターターエンジンの起動操作に取り掛かった。

しかしながら、正男はクランクハンドルを握り締め、繰り返し繰り返し、何度も何度も廻し続けていたが、エンジンは相変わらず起動しなかった。

そんな状況にも拘わらず、日高川の水位は正男らの心配に逆らうかのように徐々に上昇し、少しずつではあるが、ブルドーザーが停車している直ぐ近くまで流れ込んできた。

正男は、同じ起動操作を何回か繰り返した後に、

「もう、駄目かなあ……」

と半ば諦めながら、クランクハンドルを素早く、力を込めて勢い良く廻した。

すると、その瞬間、スターターエンジンは何らかの弾みに、ドッドッドッドという、小気味の良い爆音を発すると同時に、細い煙突からは水滴を吹き飛ばしながら、スターターエンジンは紛れもなく起動したのである。

正男は嬉しさの余り、その場で思いっきり飛び跳ねたい、そんな心境に駆られた。

続いて正男は、スターターエンジンをアイドリングさせ、次にスターターエンジンとデ

ィーゼルエンジンを連結させる、ピニオンギヤーを入れると、ディーゼルエンジンはゆっくりとした回転を始めた。

このとき川田は運転席に座り、不安な面持ちで正男の始動する行為をじっと見守っていたが、ディーゼルエンジンが回転するのを確認すると、運転席の手前にあるスロットルレバーを徐々に上げていったところ、ボンネット上部の長い煙突からは、断続的に、全ての物を吹き飛ばすような真っ黒い煙が、上空に向かって勢いよく噴き上がり、それと同時に、豪雨の音には負けず劣らずの、機関銃を連打するような大音響を発して、親になるディーゼルエンジンは、フル回転の状態になっていったのである。

川田はディーゼルエンジンが完全に起動したのを確認すると、やっと安堵した思いに胸をなで下ろし、

「正男、良くやったな」

と言って正男を称賛した。

「このブルドーザーは、人を見るのかも知れないなあ……。その証拠として、山本君をよほど気に入っているに違いないぞ！」

その傍らでじっと見詰めていた森は、苦笑しながら冗談まじりに言った。

「そんなことは絶対にありませんよ。今回の場合には、川田チーフがクランクハンドルを何回も廻してくれたから、それでエンジンが温まり、たまたま運良く起動したのですよ」

正男は自分の手によって、エンジンが起動したのが何よりも嬉しく、森の褒《ほ》め言葉に対して、謙遜《けんそん》をした。

「さあ、それでは出発するぞーっ！」

川田は森と正男の二人に向かって、出発の合図をすると、運転席の手前にある変速レバーをローギヤーからトップギヤーに切り替え、スロットルレバーを一杯に上げてスタートした。

すると、ブルドーザーは降り頻《しき》る豪雨の中を、大量の雨粒を跳ね飛ばし、周囲には地響きを立てながら、まるで生き物のように雄々しく、猛スピードを出して前進したのである。

ブルドーザーが走り去った後方を振り返ると、今まで停車してあった場所には、水嵩《かさ》が上昇した日高川の流水が次第に溢れ出し、その河原の方へどんどん流れ込み、その周辺一帯は水浸しの状態になっていた。

正男は日高川の水位が、余りにも早く上昇する現実の姿に直面し、そんな素早い現象におののき、

――もしもあの時に、ブルドーザーのエンジンが起動しなかったら、一体全体、どうなっていたのであろうか？

そんな最悪の事態を想定しながらも、無事に終わった現状に対し、安堵《あんど》の溜息さえついていた。

やがて、遥か前方には、先に出発したパワーショベルがやっと見えて来たが、川田が運転するブルドーザーは、瞬く間に接近してしまったのである。

そのパワーショベルは、激しい豪雨に強く叩かれ、左右にふらふらと揺れながら、ここまで、ゆっくりゆっくり着実に前進し、もう間もなくして、河原の出入り口の約百メートル近くまで接近した。

ここまで来れば、もう濁流に呑まれる心配はない。ブルドーザーは一気に減速すると、パワーショベルの後方から、随行するようにして走行を続けた。

その頃になると、ヘッドライトに照らし出された日高川の奔流は、ブルドーザーが走る勢いに圧倒されたのか、今まで勢い良く流れていた濁流は何となく、弱々しさを感じるような、そんな気がしてならなかった。

それから間もなくして、パワーショベルとブルドーザーは、順に小高い堤防の上を乗り越え、安全な堤防の外へ移動すると、各々二台の建設機械は指定した場所へ、仲良く並ぶようにして停車した。

川田はブルドーザーのエンジンを止めると、今まで緊張していた気分がほぐれ、我に返ったようにして、大きく溜息をつきながら、

「ところで正男、いま、何時《なんじ》だあ？」

と正男に聞いた。

今こうして振り返ってみると、エンジンが起動しないという緊急事態に直面し、誰もが腕時計を見る余裕さえなかったのである。正男は川田に尋ねられると、直ちに袖口を捲り、懐中電灯で腕時計を照らしながら、じっと見詰めた。

「川田チーフ、午前三時半になりますよ」

「そうか、もう三時半になるのか。それにしても、みんな、よう頑張ったなあ……。どうも皆さん、ご苦労さんでした。それでは、そろそろ引き揚げましょうか」

川田は仲間たち一人一人の顔を眺めながら、ねぎらいの言葉を掛けた。

一方、上空の天候は相変わらず、風雨とも激しく、川田ら一行は真っ暗闇の豪雨の中を、お互いに肩を寄せ合いながら、宿舎へ向かって歩いていった。

その時、彼ら一人一人の心の中では、力の限り出しつくした自分自身の行為に満足し、それと同時に、お互いの気心が一体になり、心の底から悦び合い、そして、相互に信頼し合い、そこに仲間意識の絆が芽生えていたのである。

やがて、川田ら一行は宿舎へ戻ると、心身共に疲れ果てたのか、寝床に入るや否や、誰もが死んだようになって熟睡してしまった。

当時としては、現代のようなテレビはなく、それに宿舎生活を送っていると、新聞もとっていなかったから、天気情報を知る唯一の手段は、ラジオの天気予報のみであった。

それ故に、日高川の上流である護摩壇山《ごまだんざん》あたりで、大量に雨が降っても、その天気情報を聞き漏らしてしまうか、或いは、その情報を知らされない場合もあり、今回のような悲惨な目に遭遇したのである。

斯くして、昨夜来の豪雨は、翌日になっても降り続き、雨があがったのは、翌々日の明け方になってからであった。

その間、日高川の水嵩は危険水位までには至らなかったが、長引く大雨の為に、茶色に濁った濁流は川幅一杯に広がり、堤防を決壊するばかりの勢いがあり、如何なる物をも下流へ流してしまいそうな、そんな威力があったのである。

一方、日高川の奔流が、河原一面に拡がって流れている間は、築堤工事は一切出来ない。そんな時こそ、ブルドーザーを整備する為の、貴重な日になるのである。

幸いにして、その日は久し振りに早朝から好天に恵まれ、ブルドーザーの整備をするには絶好の日和となった。

先ず、最初は足回りと称される中でも、特にトラックローラーの整備から取り掛かった。トラックローラーはトラックフレームの下部に取り付けられ、左右合わせて十二個もあり、形状は鼓のような恰好をしたものであり、その一個の重量は十数キロもあった。

そのトラックローラーの整備とは、グリス止めのオイルシールが、左右あわせて二個入っているが、長く使用していると、やがて、オイルシールは擦り切れてしまい、内部の潤滑用のグリスが流れ出てしまうから、最終的には内部が焼きつき、回転しなくなるのである。

今回、整備を必要とするのは、三箇所のトラックローラーであり、先ず車体をジャッキーで持ち上げ、重さが十数キロもあることから、二人一組で行われ、一人はキャタピラーの前から、もう一人はブルドーザーの下に潜り込み、寝そべりながらの窮屈《きゅうくつ》な姿勢が強いられた。その為に、トラックローラーの取り外し作業は何とか出来るが、取り付け作業となると、非常に困難を要する仕事であった。

正男はブルドーザーの下へ潜り込み、トラックローラーの取り付け作業を、二箇所までは何とか出来たが、残りの一箇所はどうにもならず、四苦八苦していた。

このとき同様にして、トラックローラーの取り付け作業を行っていた川田は、正男の仕事振りを見るに見兼ねたのか、

「どれ、どれ、自分と交替しよう」

と言って、ブルドーザーの下へ潜り込んで来たのである。

すると、今度は川田と正男の作業位置を交替し、正男がキャタピラーの前の方からトラックローラーを支え、川田はブルドーザーの下の方から行い、多少なりとも手間は掛かったが、二人の共同作業で何とかトラックローラーを取り付けることが出来た。正男は川田チーフに対し、改めて感謝した。

このようにして、午前中に予定をしていたトラックローラーの整備作業は、大凡のとこ

ろ完了したのである。

斯くして、午後からはキャタピラーやファンベルトの調整、並びにエンジンオイルやミッションオイルの交換などを行い、あとはワイヤロープの取り替え作業を残すのみとなった。

ところが、川田はかなり疲れたのか、右手で肩や腰のあたりを軽く叩きながら、

「正男、あとはワイヤロープを取り替えるだけの作業だから、ここらで一休みしようや」

と言うと、傍《かたわ》らにあった玉石の上へ、どっかりと腰を下ろした。

「川田チーフ、今日は疲れたでしょう。肩を揉みましょうか？」

正男はこう言うと、川田の後ろの方へ廻り、彼の肩を揉み始めた。

「ありがとう、非常に気持ちが良いよ……」

川田は軽く礼を述べたが、その感謝の言葉こそ、正男にとっては、どんな素晴らしいご褒美《ほうび》よりも嬉しかったのである。

そのとき森と大橋の二人は、自分らのパワーショベルの整備作業が終了したのか、こっちへ向かって、ゆっくりと歩いて来た。

「俺たちの方の整備は、もうすっかり終わったが、川田さんらのブルドーザーの整備の方は、終わったのですか？」

森は川田の顔色をじっと見詰めながら、訝しげな表情で打診していた。

「自分らのブルドーザーのワイヤロープは、かなり使いこなし、あちこちがささくれているので、前から取り替える予定を立てていたが、この際、どうしても取り替える積もりで、ここに新しいワイヤロープはちゃんと準備してあるんだ。でも、その前にちょっと、休憩を取っているところですよ。君らも、ここで休んだらどうかね？」

川田は、森と大橋の二人に休憩をするよう勧めた。

「こんなところで、休憩を取るんだったら、作業を完全に終わらしてしまい、宿舎へ一刻も早く帰って、みんなで軽く一杯やりましょうよ。俺たちも手伝いますから……」

森は顔を綻《ほころ》ばせながら言うと、もう腕まくりをして、川田からの指示を待っていた。

「それじゃあ、お言葉に甘えて、手伝ってもらいましょうか。その分、飲み代くらいは、自分がみんなに奢《おご》りますよ。それじゃあ、ワイヤロープを取り替える作業を始めますか」

川田はその場から立ち上がり、両手を高々と上げながら大きく背伸びをすると、大きな声で号令を掛けた。

川田は直ちにブルドーザーに近づき、自分から率先して、古いワイヤロープの取り外し作業に取り掛かった。

ここでブルドーザーに使用するワイヤロープについて説明をすると、ワイヤロープは数本の鋼線を撚《よ》り合わせて子網を作り、六本の子網を麻ロープを芯として更に撚《よ》り合わせたものであり、それを鋼索《こうさく》と呼んでいる。

そのワイヤロープは排土板を上下する為に使用され、その間には幾つかの滑車があり、後方のケーブルドラムが、左右に回転することによって操作されるのである。

やがて、ケーブルドラムと排土板との間のワイヤロープは、四人掛かりで外されると、続いて、新しいワイヤロープに取り替える準備に取り掛かっていた。

先ず、新しいワイヤロープの先端は、花が咲いたように拡がっているので、幾つもの滑車を通すには、先端を細い針金で縛り、その先端をワイヤカッターで切断する必要があった。その為に、正男は直ちにワイヤカッター台と大ハンマーなどの工具を、川田ら三人がいる処まで持ってきた。

すると、川田はワイヤロープの先端を針金で固く縛りつけ、ワイヤカッター台に挟み込むと、そのワイヤロープが動かないよう、両手でしっかりと押さえ、それに対して、正男は大ハンマーを両手で握り締め、彼からの指示を待っていた。

そのとき森と大橋の二人は、その傍らでワイヤロープの先端を処理する作業を、固唾をのんで見守っていた。その後、一瞬にして思いもよらぬアクシデントが起こったのである。

正男は川田の目での合図を受け、大ハンマーを高々と振りかざし、ワイヤカッターめがけて、力まかせに打ち下ろした。

その刹那、正男の直ぐ隣りに立っていた大橋は「うっー」という断末魔に似た声を発し、その場へ仰《の》け反《ぞ》るようにして倒れた。

それは余りにも突発的な、予想も出来ない不幸な事故であり、誰もが一斉に「あっ」という驚嘆の声をあげ、大橋が倒れた方角へ振り向き、全てのものを投げ捨て、彼の周りに駆け寄って来た。

その大橋の姿は、見るに堪えないほど悲惨なものであり、左の目からは真っ赤な血がドクドクと流出し、顔色は真っ青になり、目や唇のあたりはワナワナと痙攣《けいれん》し、ほとんど失神状態に近い形相を呈していたのである。

「大橋君！　しっかりして下さい」

川田、森、正男の三人は何回となく、代わる代わる声を掛けたが、大橋からの応答は全くなかったのである。

「早く、病院へ行く手配をしなければ……」

「事務所に車はあるだろうか」

「何としても、急がないと……」

「大橋の目は、一体どうなっているのだろうか」

こうして、川田ら三人は大橋の悲惨な状態を見て、そんな不安な言葉を口にしながら、気持ちの方はいたずらに焦るばかりであり、どうして良いやら右往左往していた。

「何れにしても、リヤカーの荷台に大橋君を乗せ、取り敢えず、明和建設の事務所の前まで運べば、車の方は、何とか都合が付くだろう。正男、そこにあるリヤカーを、ここまで引いて来てくれないか」

　川田は緊張する余り、表情は幾分か強張り、心なしか震え声で指示をしていた。正男は川田に指示を受けると、大橋が横たわっている、直ぐ近くまでリヤカーを引いて来た。するると、川田と森の二人は、大橋の身体を抱《かか》えるようにして、リヤカーの荷台へ乗せると、森は彼を介抱する為に荷台に乗り、川田はリヤカーの後押しをすることになった。

「正男、それじゃあ、明和建設の事務所の前まで、静かに引いて行ってくれ」

　川田は準備が整うと、正男に出発するよう指示をした。

　重症の大橋と介護役の森を乗せたリヤカーは、正男が先頭を引っ張り、川田は後押しをしながら、明和建設の事務所へ向かって、静かに進んで行ったのである。

　今回の事故の原因は、ワイヤロープの一端をワイヤカッターで切断した際に、その細い鋼線の一端が、左の方へ勢いよく飛び散り、そのうちの一本が、何と選《よ》りに選って、大橋の左目にグサリと突き刺さったのである。

　正男は先頭になって、リヤカーを引いていたが、時々後ろを振り返っては、大橋の苦悶する姿を見詰めていた。

　荷台の上で介抱している森と、リヤカーの後押しをている川田は、何をする術もなく、

「大橋君、がんばるんだ！」

　と言って、ひたすら激励の言葉を掛けていた。

正男はリヤカーを引きながら、前方を歩いていたが、この時に、日高川工事現場へ来た頃から現在に到るまで、大橋と苦楽を共にした数々の行為を、懐かしく思い浮かべていた。特に正男にとって、大橋とは年齢が近いという理由から、彼は親身になって相談相手にもなり、これまでに、どんなに励まされたか計り知れない。正男がここまで頑張って来られたのは、大橋に依る処が非常に大であった。

このように大橋との関係を回想していたら、正男は目頭がジーンと熱くなり、涙は止めどもなく流れ落ち、頬のあたりは涙でぐっしょりと濡れていた。

それにしても、事故現場から明和建設の事務所までは、僅か五百メートルくらいの距離なのに、今日に限っては非常に遠い距離に感じ、数キロもあるような、そんな錯覚さえしていた。

それから暫くして、大橋を乗せたリヤカーが、明和建設の事務所の直ぐ近くまでやって来ると、その事務所の前には、幸いにして、乗用車が一台止まっていた。

川田は直ちに明和建設の事務所の中へ駆け込むようにして入って行くと、間もなくして、所長の荒川さんや数人の職員らと共に一緒に表へ出てきた。

所長や数人の職員らは、余りにも悲惨な大橋の怪我を見て、驚倒《きょうとう》すると同時に、心の底から心配した。

「所長さんのご厚意により、この際、乗用車を貸してもらえることになったから、皆さんからも良く礼を言って下さい」

川田は所長の方へ視線を向けながら礼を述べると、改めて深くお辞儀をした。

それに続いて、森と正男の二人は、所長に向かって深く礼を述べると、大橋の身体をリヤカーから下ろし、三人掛かりで乗用車の後部座席の方へ、寝かせるようにして、静かに移し替えたのである。

斯くして、川田は車のハンドルを握り、森は前の方から大橋の身体を支えるようして乗った。

その場に取り残された正男は、後部座席に寝かされた大橋の悲惨な姿を、目を据えてじっと見詰めていた。そのとき正男は虫の知らせか、大橋とは永遠に会えないような、そんな嫌な予感が、彼の脳裏を通り過ぎていった。

やがて、大橋を乗せた乗用車は、所長を始めとして、何人かの職員らに見送られ、一路御坊市内の病院へ向かって走り出したのである。

正男は走り去る乗用車の後方を、凡そ五十メートルほど追い掛けると、その場に呆然と佇《たたず》み、乗用車の姿が見えなくなるまで見送っていた。

——大橋さんの目は、一体どうなってしまうのだろうか。完治するのだろうか、それとも、失明してしまうのだろうか？　それに、大橋さんは好きな人がいると言っていたが、このことが原因で失恋をしてしまうのだろうか。大橋さんの家族の人達は、こんな無残な事態を知ったら、どんなに悲しむことだろうか。大橋さんが、もしも左の目が失明にでもなったら、これから先、どうやって生きて行くのだろうか。

このようにして、正男は大橋の身の上を案じていたが、彼の哀れな運命が気の毒になり、その境遇を思う気持ちに涙ぐんでいた。

斯くして、西の空の夕日は、茜《あかね》色の光を放射しながら静かに沈んでいったが、この時に、正男は何もかも失ってしまいそうな暗澹《あんたん》たる気持ちになり、その場に呆然と立ち竦《すく》んでいたのである。

第十章　別離

月日の経つのは早いもので、あの忌まわしい悲惨な事故が発生してから凡そ二か月が経ち、野山には紅葉が真っ赤に染まる十一月に入っていた。

その後の大橋の左の目は、長い入院期間中に於いて、手厚い治療を受けたが、彼の場合には、細くて尖《とが》った鋼線が選《よ》りに選って『くろめ』と称する、角膜の中心に突き刺さっていたのである。

ところが、左目と右目の神経は繫がっていることから、一時は両眼失明になるかも知れないと懸念された時期もあったが、そんな不幸な最悪の事態だけは、何とか免れた。しかし、左の眼は義眼という不幸な事態になってしまった。

それ故に、大橋は入院中にも拘わらず、日高川工事現場への職場復帰を切望していたが、遂に、その望みは果たせなかったのである。

一方、川田はパワーショベルの運転も出来るということから、彼はブルドーザーとパワーショベルを交互に運転するようになり、大橋が抜けた穴は補充することなく、その後の勤務は、欠員の状態のまま続行されていた。それは取りも直さず、正男にとっては毎日毎日が、かなりハードな勤務が要求されるようになった。

それでも、正男と洋子との二人の逢瀬《おうせ》の時間だけは、同じ職場に勤務する敏江の計らいにより、誰にも判らないよう遣り繰りしてもらい、二人の愛を確かめ合う機会にも恵まれ、今日までどうにかこうにか続いていた。

それから二週間が過ぎ去り、日高川の築堤工事は予定通り順調に進み、最終段階に近づいていていた。

そんなある日のこと。その日の予定作業も無事に終わり、川田と正男の二人は、仲良く肩を寄せ合うようにして、工事現場から宿舎へ向かって歩いていたが、その時に、今後のことについて色々と話し合っていた。

「今日の昼間、現場監督の小泉さんとも、今後の予定について話し合って来たが、これまで延々と実施して来た築堤工事も、お前も知っての通り、やっと目鼻が付いたんだ……。だから、現在の予定としては、この現場から自分らが引き揚げるのは、今日から二週間後の十一月三十日と決めて来たんだ」

川田は正男の方へ眼差しを向けながら、今後の予定について、顔を綻ばせながら説明をした。

「そうですか」

正男にとっては、工事の進行状況から見て、もう間もなく、この現場を引き揚げる時期に来ていることぐらいは薄々気付いていた。それ故に、正男は川田から不意に言われても、改めて驚くこともなく、そっけない返事をした。

「なあーんだ、正男、嬉しくはないのか。これで、やっと家へ帰れるんだぞ！」

「……」

正男は引き揚げる当日まで、洋子のことは誰にも話すまいと心に決めていたから、口を貝のように閉ざし、寡黙になっていた。

「あっ、やっぱりそうか。正男は、明和建設の事務所で働いている松本洋子のことが忘れられず、このまま別れるのが辛いんだろう？」

「ええっ？」

正男は川田からの思いも寄らぬ発言に、不意を突かれたのかキョトンとしていた。

「薄々判ってはいたが、松本洋子と交際を続けていたのは、やはり図星だったんだなあ……」

「松本さんと私が交際しているのを、川田さんは、どうして知っているんですか？」

正男は顔を突き出すようにして、小首を傾げながら尋ねた。

「そりゃあ、お前がいくら秘密にしても、自分らと朝晩一緒に暮らしていりゃあ、お前の普段からの態度や行動を見ていれば、いつしか自然に判るもんだよ。それにしても、松本洋子とは、ちょっとばかり困ったもんだなあ……。彼女は御坊組にとっては、大切な跡取り娘だぞ！　彼女の両親は、絶対に認める筈がないだろう？」

川田は驚嘆な眼差しで、正男の顔色をじっと見詰めていた。

「そのことは、充分に判っています」

正男は臆することなく、平然と言ってのけた。

「それで、お前ら二人の関係は、一体どこまで進んでいるんだ。自分にも、正直に話をしてくれないかね？」

「私は将来、松本さんと結婚の約束をしました。だから、ここの現場を引き揚げる時には、是が非でも、彼女を東京へ連れて行く積もりでいるのです」

正男はかたくなな態度になり、憚ることなく、きっぱりと言い切った。

「お前らの関係は、そこまで決めているのかあ……。でも、お前はまだ若いんだから、悪いことは言わない、彼女のことは諦めるんだ！」

川田は、御坊組の内情を知り尽くしているだけに、松本のことは断念するよう更に強く説得した。

「私ら二人の件については、私が考えに考えて決めたことですから、今更もう、誰から言われても、彼女のことは絶対に諦めやしませんよ」

「正男は松本のことを、よほど惚れてしまったらしいなあ……。それなら、二人の恋路を邪魔するような発言は今後一切、差し控えることにしよう。

「ところで、松本が東京へ行った際の、彼女の住む家とか、彼女の勤め先など、何か良い心当たりでもあるのかね？」

川田は正男のことを、説得するのは諦めたのか、今後の彼女の生活について打診した。

「東京へ帰ってから考える予定ですから、今のところ、何も考えてはいません」

正男は洋子を東京へ連れて帰ることのみで精一杯であったから、そんな予定など何も考えていないことを、正直に打ち明けた。

「実は自分の姉が、東京の銀座で洋品店を開業しているので、女の娘《こ》の一人くらいは何とか、お世話が出来ると思うんだ。だから、もしも困ってる時には、いつでも相談に来てくれないか」

「はい、有り難うございます。その時には是非、川田さんの自宅の方へお伺いしますので、宜しくお願い致します」

確かに、川田に言われてみれば、正男としても、これから東京で暮らす洋子は、右も左も知らないだけに一抹の不安があった。それ故に、川田の親身になって心配してくれる行為は非常に嬉しく、頼もしい限りであった。

「それにしても、月日の経つのは早いもので、自分がこの日高川工事現場へ着任したのは確か、昨年の十月上旬の頃だったから、もうかれこれ一年以上にもなるんだ。今こうして思い返してみると、この現場では、色々なことがあったなあ……」

川田は過ぎ去った月日を指で数えながら、この現場で起きた数々の事象を、懐かしく回顧していた。

「川田チーフ、私だって、この工事現場へ着任してから、八か月目に入るんですよ」

正男は七か月もの長い間、何とか辛抱が出来たことが何よりも嬉しく、幾分か語気を強め、誇らしげに言った。

「そうか、もうそんなになるのかあ。こんな辛い仕事にも、ここまで良く我慢したなあ……。自分からも大いに褒めてやるぞ！」

川田は、七か月にも及ぶ正男の誠実な行為を見て、彼は自分の弟のように可愛くなり、精一杯の称賛の言葉をかけた。

「川田チーフには、色々と指導を受け、色々と助けられたからこそ、ここまで頑張れたのですよ。どうも、色々と有り難うございました」

正男は川田の眼差しをじっと見ながら、軽くピョコンと会釈をした。

「この現場では、お前はチーフとして通用するくらいの腕を上げたから、この次の現場からは、誰とコンビを組んでも、きっと旨くやって行けるさ」

「私はまだまだ未熟なオペレーターなのに、そんなに川田チーフから褒《ほ》められると、私は恥ずかしくて、穴があったら入りたいくらいですよ」

正男は頬を紅潮させながら、川田の褒め言葉に対して、盛んに弁解をしていた。

このようにして、川田と正男の会話は、次から次へと止《とど》まることなく続けられたが、正男にとってみれば、この日高川工事現場は、幾多の色々な経験をしたところであり、いざ、この土地から離れるとなると、それは何をとっても、様々な思い出があり、未練が残るものである。

やがて、この現場を引き揚げる日が正式に決まってからというものは、一日一日の経つのが非常に早く感じるようになり、この数日間はあっという間に過ぎ去っていった。

斯くして、川田ら三人たちの歓送会は、御坊市内の料亭で盛大に行われ、日高川の築堤工事の作業の方も一段落し、あとはブルドーザーやパワーショベルなどの建設機械を、貨車へ積み込む作業を残すのみになっていた。

それから数日が経ち、十一月二十八日の朝を迎えた。正男は朝食を済ませると、昨日やり残した洗濯物を両手に一杯抱え込み、井戸端へ向かった。

そして、井戸端までやって来ると、その場に屈み込み、一人黙々と洗濯をしながら、自分が洋子を連れてこの工事現場を引き揚げる十一月三十日の行動について、

――あの厳格な家庭環境の中で、彼女は計画通りに、うまく家出をすることが出来るだろうか。そして、仮に家出をしたとしても、松本家の人たちに見つからずに、天王寺行きの汽車へ乗り込むことが出来るだろうか。

とあれこれ思案に暮れていたのである。

その時、誰かが正男の後方から近づいて来て正男の傍らで足を止めると「正男ちゃん」と、優しい声で呼んだ。

正男は聞き覚えのある女性の声に、驚きの眼差しで後ろを振り返った。その女性とは正しく、正男が恋い焦がれている洋子の姿であった。

その洋子の服装は、上から下まできちんと正装し、両手には大きなスーツケースを持ち、今直ぐにも東京へ出立するばかりの旅姿であった。

「洋子ちゃん、東京へ行くのは、明後日の三十日だよ。まだ二日も先だというのに……、洋子ちゃんの家で、何があったんだい？」

正男は想像もしえなかった洋子の姿を見て、彼女の身の上が心配になり、彼女に理由《わけ》を尋ねた。

すると、洋子は今まで耐えに耐えていた悲しみが一挙に暴発したのか、正男の胸に縋《すが》り付き、

「うち、両親と喧嘩をして、家出をして来たんよ」

と言いながら、泣き崩れたのである。

「ええっ、両親と喧嘩をして、家出をして来たってえ？　又、どうして……」

正男は、今まで誰にも判らないようにして、洋子と密会して来たのに、何故そんな事態になったのか、彼女の髪の毛を優しく撫でながら、その真相を聞いた。

「このところ、正男ちゃんと逢う機会が多かったでしょう？　よほど運が悪かったのねえ。うちら二人がこっそり逢っているのを、御坊組の人に見られてしまったらしいの。その見た人が、うちの両親に告げ口をしてしもうたんよ。

うちは両親に、その人たちは人違いだと言って、強く突っぱねたわ。でも、うちらには前歴があるから、どうしても疑っていて、信じてはもらえないの。挙げ句の果ては、両親と口論になり、その後、うちの父は大変なことを言いだしたわ」

洋子は泣きながらも、ここまで言いかけると、それ以上は言い難いのか、口を貝のように固く閉じてしまった。

「大変なことって言うと……。洋子ちゃん、お父さんから何を言われたの？」

正男は洋子の言葉が気掛かりになり、彼女の身の上に、ただならぬ不測の事態が考えられた。それ故に、洋子の顔色をじっと見詰めながら、執拗なまでに追求をした。

「実は、うちが十一月三十日に家出をして、正男ちゃんと一緒に東京へ行くのを、どうも両親は気付いているらしいの。だから、この際どうしてでも、白石さんとの結婚を考えているらしいわ。

それで、うちは家には居たたまれず、こうして覚悟を決めて、家出をして来たんよ。うち、これから先、一体どうしたらいいの？」

洋子の言葉は悲痛のあまり、途切れ途切れの声になり、正男に甘えるようにして、彼の胸に縋り付き、声を出して啜り泣いていた。

正男は自分一人で考えるより、川田チーフに相談した方が、より得策であると考えると、

「洋子ちゃん、ここでちょっと待っててくれる？」

と言い残し、その場から直ちに離れ、宿舎の方へ走り去っていった。

それから暫くして、川田と正男の二人は話しながら、洋子の元へ戻って来ると、最初に口を開いたのは川田の方であった。

「貴方が、家出をしなければならない理由について、うちの山本から相談をされ、大凡のことは判りましたが、自分の考えとしては、出来る限り穏便《おんびん》にする為にも、貴方のご両親ともう一度、よく話し合い、お互いが納得した上で家を出た方が、今後の二人の為にも、絶対に良いと思いますが……。

そこでどうでしょうか、自分が、これから貴方のご両親に直に会って、二人の仲を許してもらえるよう交渉してみましょうか？」

川田は洋子の尚早《しょうそう》な考えを抑えようとして、けんめいになって説得した。

「川田さんのご厚意には、たいへん感謝をしています。でも、うちの父親は頑固一徹の性分だから、一旦こうと決めたら、絶対に変えない主義なの。だから、うちがこのまま家へ帰ったら、うちを監禁してでも、白石さんと結婚させられてしまうわ。だから、両親と会うことだけは絶対に嫌ですわ」

洋子は今更どうにもならない現実に直面し、泣き崩れるようにして訴えていた。

「……」

川田は、洋子の悲痛な叫びとも思える訴えに、彼女を説得する言葉を失い、寡《か》黙になってしまった。

川田は暫く考え倦んでいたが、思い付いたのか、

「そうだ、川向こうの伊勢屋さんに、貴方を預かって貰うことにしよう。あそこの女将《おかみ》は、正男のことを我が子のように可愛がっていたから、事情を話せば、きっと力になってくれますよ」

と言って、究極の案を捻り出した。

「どうか、よろしゅうお願いします」

洋子はこれですっかり安堵したのか、川田に向かって深々とお辞儀をした。そして、川田がその場から立ち去ってしまうと、正男と洋子の二人は残りの洗濯物を洗い、手分けして、裏庭にある物干し竿に吊るした。

斯くして、川田たち三人連れは、渡し船で日高川を渡り、それから徒歩で約一・五キロほど行くと、道路沿いにある伊勢屋へ到着した。

ところが、今日は折悪くして、伊勢屋は定休日なのか、店の正面入り口はぴったりと閉ざされ、その周囲にも人影はなく、不気味なまでに閑散としていた。

「こんにちは、ご在宅でしょうか？」

川田たち三人連れは、もしかしたら留守中であるかも知れないと、疑念を抱きながら玄関口の方へ廻り、大きな声で呼んだ。

それから暫くして、この家の奥座敷の方から、

「どなた様でっしゃろか」

という、聞き覚えのある女性の声が返ってきた。

「東京開発の川田ですが……」

川田は自分の名前を言うと、間もなくして玄関のドアが開けられ、その玄関口には、お化粧もしない素肌の儘の女将が出迎えてくれた。

「川田さん、お久し振りですね。今日は又、こんな早い時間に、お三人さん揃って、何があったんでしょうか？」

女将は疑問を抱きながら、怪訝《けげん》な表情で一人一人の顔を見詰めていた。

「実は、ママに、お願いがあって参りました」

川田は頭を下げ、揉《も》み手をするような恰好をして、女将に乞い入れた。

「こんな玄関先では何ですから、どうぞ、お上がりになって下さい」

女将は丁寧に挨拶をすると、その場から立ち上がり、自分から先に立って、川田たち三人を奥座敷の方へ案内した。

川田たち三人は奥座敷へ入ると、その座敷の中央にはテーブルがあり、その周囲に彼らは、女将に対面するようにして座った。そして、川田は直ちに、正男と洋子の二人の件について、順を追って話を切り出した。

その内容とは、先ず一つとして、明後日の三十日には東京へ出立することになったが、正男と洋子の二人は互いに恋い焦がれ、離れられない仲になっている事。

次に二つとして、洋子の両親は二人の交際に反対し、洋子が好きでもない許嫁《いいなずけ》の人と、無理やりにも結婚を強いられているので、彼女は止むなく家出をして来た事。

次に三つとして、正男はこの工事現場を引き揚げるに際して、洋子を東京へ連れて行く約束を、二人の間で決めている事。

続いて四つとして、以上の理由により、今日から東京へ出立する日までの三日間、ここで洋子を預かって欲しいので、ここへ、お願いに来た事など。

今までの経緯や事情などについて、事細かく説明をしたのである。

女将は川田の話を息を殺して、じっと聞き入っていた。その後、女将は暫く考え倦んでいたが、やっと承諾してくれたのか、この家で洋子を預かることになったのである。

川田と正男は女将に礼を述べ、奥座敷から廊下を通り、玄関口から外へ出て来ると、洋子は彼ら二人を見送るために、後から追って来た。

外は肌を刺すような冷たい風が吹き、頭や肩のあたりに、木の葉がぱらぱらと舞い散り、この時に何故か、正男は洋子とは、もう永遠に逢えないような、そんな不吉な予感が、彼の脳裏を掠《かす》めていった。

洋子は正男の前へ歩み寄ると、誰に憚《はばか》ることなく、彼の両手を固く握り締め、

「正男ちゃん、明後日の三十日の朝には、お約束通り、ここへ必ず迎えに来て下さいね。きっとよ……」

と念を押すように、懸命になって懇願した。

「明後日の朝には、ここへ必ず迎えに来るから、それ迄は、どこへも行かないでね」

「勿論、どこへも行かないわ。だから、きっと迎えに来てね」

このようにして、二人はお互いに見詰め合い、固く手を握り締め合いながら、執拗なまでに愛を確かめ合っていた。

川田は二人の様子を横目で見ていたが、遂に痺《しび》れを切らしたのか、

「自分は、先に宿舎へ帰っているから、お前は、後からゆっくり来いよ」

と言うと、正男を後に残し、足早に立ち去って行ったのである。

それから暫くして、正男はまだ未練はあったが、洋子と固く握っていた手を振り切ると、

「それでは、洋子ちゃん、必ず迎えに来るから、それまで頑張ってね。それじゃあ、さようなら、さようなら……」

と大きな声で呼びながら、立ち去って行った。

それに対して、洋子は正男に応えるかのように、両手を高々と左右に振りながら、

「必ず迎えに来てね。それでは、正男ちゃん、さようなら、さようなら……」

と泣き叫びながら、彼の後方を、途中まで追い掛けて来たのである。

やがて、洋子は諦めたのか、途中で足を止めると、その場に佇み、声の続く限り、大きな声で、

「正男ちゃーん、正男ちゃーん……」

と泣き崩れるようにして、正男の名を呼び続けていた。

これが、正男と洋子の永遠の別離になろうとは、この時に誰が想像したであろうか？正男と洋子とはこの日が最後となり、この世ではもう二度と逢えない、悲恋に終わる運命の二人であった。

第十一章　永遠《とわ》の愛

正男が宿舎へ戻ったのは、午後の三時を少し過ぎていた。その後、川田と正男の二人は倉庫内に入り、部品や工具類などの荷造り作業をした。

この荷造り作業を済ませてしまえば、明日の二十九日の朝方には、ブルドーザーを和佐駅まで移動させ、貨車へ積み込む作業を残すのみとなり、明後日の三十日には、晴れて洋子を連れて東京へ帰る予定になっていた。

こうして、今日一日の仕事も無事に終わり、川田と森と正男の三人は宿舎へ戻ると、書類の整理をしながら、団欒《だんらん》のひと時を過ごしていた。

その時である。入り口のドアをコンコンと強く叩きながら「こんばんは、こんばんは」と、男性の忙《せわ》しなく呼ぶ声が、外から聞こえていた。

このとき正男は、洋子の父親に違いないと、直感的に思ったので、川田や森の顔色を窺いながら、部屋の入り口まで近づき、ドアの把手を握り、恐る恐る開けたのである。

すると、ドアの前には、鼻の下にちょび髭を生やし、四角張った厳めしそうな容貌の、体格のがっちりした五十歳くらいの男性と、その背後には同じ歳くらいの女性が立っていた。

「あのう……、松本さんですか？」

正男は洋子の父親を、曾《かつ》て以前に数度は見たことがあるが、今夜見る彼の形相は、怒りを露《あらわ》にしていたので、まるで別人のように思えた。

「わいは、松本洋子の父親だが、お前さんが山本君かね？」

松本は正男の顔をじろじろ見詰めながら、単刀直入に尋ねた。

「ハイ、私が山本正男です」

正男は包み隠すことなく、正々堂々と名乗った。

「それなら尋ねるが、わいの娘が、ここへ来たであろう！」

松本はドスを利かした声で詰問《きつもん》をした。

「私は見かけませんが、お嬢さんは何処《どこ》にも居ないんですか？」

正男は顔を曇らせながら、そらぞらしく問い返した。

「なあーんだ。ここへは来なかったのか？　そんな筈はないんだが、変だなあ……」

松本は正男の顔色を訝しげな表情で睨《にら》みつけ、吐き捨てるようにして言った。

傍《かたわ》らで、松本と正男との会話を聞いていた川田は、黙って居られなくなり、数歩ほど前の方へ歩み寄ると、

「こんばんは。なあんだ、松本さんじゃあないですか。一体どうしたんです？……」

と言って、二人の間に口を挟み、彼の助け船になったのである。

「いや、実を言うと、わいの娘が朝がた家を出たきり、いまだに家へ帰って来ないんや。それで、親類筋や娘の友人など、八方手を尽くして、あちこち探したんやが、何処にもおらんようになったんや。

それで、もしかしたら、ここに来て居るんやあないかと思って、娘のことを心配して、ここまで探しに来たんや」

松本は、仕事上いつも馴染みの川田の顔を見て、先程の剣幕はどこへやら、態度にしても会話にしても、落ち着きを取り戻したように、大人しくなっていた。

「こんな男ばかりの部屋なんかに、お宅のお嬢さんが来る筈がありませんよ。第一に、仮にここへ来たとしても、お嬢さんが泊まるような処なんか、何処にもありませんからね」

川田は松本の目をじっと見据《みす》えながら、正男に代わって弁明した。

すると、松本は川田に話をしても、埒《らち》があかないと見るや、再び、その矛先《ほこさき》を正男に向け、

「それでは、山本君に尋ねるが、わいの娘と、ちょくちょく逢っていたそうじゃあないか。わいらの仲間に、その現場を見た者がいるんじゃや。もしも、今でも交際を続けているのなら、君を頼って、ここへ来るのも当然であろう。わいの娘を匿《かくま》っているのなら、正直に教えて欲しいんだ」

と弱り切った表情で言うと、洋子の母も、それに追従するようにして、

「山本さん、洋子の居場所を是非《ぜひ》、教えてくれまへんか？」

と言って、何度も何度も頭を下げながら、執拗に懇願した。

「私は正直なところ、お宅のお嬢さんと喧嘩別れをしてから、もうかれこれ三か月以上も、逢っていませんから、松本さんの仲間の人は見間違いをしたんですよ。だから、お嬢さんの居場所なんか、私はまったく知りませんから」

正男は洋子の身を隠し通そうとして、こんな白々しい嘘を、平然とした表情で言って退けた。

「松本さん、うちの山本は、嘘がつけない性分なんですよ。お嬢さんの居場所を知らないと言っているのですから、知らないものは、答えようがないじゃあないですか。それに、お嬢さんが逢っていたという相手は、もしかして、婚約者の白石さんと違いますか？」

川田は正男の言い分を全面的にバックアップする為に、横合いから再び口を挟んだ。

すると、松本は川田から、彼の仲間が見た者は、婚約者の白石であろうと言われたのが、かなり気が咎《とが》めたのか、正男には娘との関係について、もうこれ以上、責めようとはしなかった。

やがて、松本夫婦は正男に向かって、娘の行方を追求するのを諦めたのか、

「川田さん、もしも娘に遇ったら、絶対に叱らないから、家の方へ帰って来るよう、くれ

ぐれも宜しく言って下さい」

と念を押すように言うと、その場から寂しく立ち去って行ったのである。

「ハイ、承知しました。もしも、お宅のお嬢さんに会ったら、ご両親が心配しているから、早く家へ帰るよう、良く伝えておきますよ」

川田は立ち去る松本夫婦に向かって、機嫌《きげん》を損《そこ》なわないよう、慰めの言葉を掛けた。

このとき正男は、一時はどうなるかと心配していただけに、彼の胸中にピーンと張り詰めていた緊張感は、凧の糸が切れたように解き放され、これでやっと安堵《あんど》したのか、胸をなで下ろした。

斯くして、川田たち三人は通常より早めに寝床につくと、間もなくして深い眠りに入ったのである。

翌朝、正男が目を覚ましたのは、外が次第に白々と明るくなってきた五時三十分頃であった。

今日は十一月二十九日。この日の作業は、先ずブルドーザーの後方にスクレーパーを連結させ、続いて、日高川工事現場から和佐駅までの道程を移動し、最後に、それらの建設機械を貨車へ積み込めば、これで全ての作業が終了するのである。

このようにして、正男は今日の作業手順について、色々と考え倦んでいたら、何となく神経が昂《たか》ぶり、寝床には、じっと寝て居られなくなった。

やがて、正男は布団から這い出ると、寝ている人たちに気付かれぬよう、静かに布団をたたみ、密かに作業服に着替え、誰も知らぬ間に、こっそり部屋を抜け出したのである。

正男は外へ出ると、日高川の河原へ向かう広い道を、一人とぼとぼと歩いた。この道は正男が、この工事現場へ着任してから、凡そ七か月あまり、通い続けた道路であり、今日が最後になると思ったら、感傷的な女々しい気持ちになった。

この道には、数々の懐かしい思い出があり、道すがら一人泣きながら、辛苦に耐えた時もあれば、お互いに喜び合い、語り合った時もあった。

特に、友人の大橋の目に尖《とが》った鋼線が突き刺さり、リヤカーで彼を運んだ痛ましい事故は、今でも正男の脳裏にはくっきりと残り、その情景が浮かんで来るのであった。

やがて、東の空が明るくなり、真っ赤な太陽が顔を出すと、堤防の外側に停めてあったブルドーザーは、太陽が放射する光線を反射し、眩《まぶ》しいくらいに輝いていた。

正男はブルドーザーのキャタピラーへ駆け上がり、直ちに運転席に着くと、何かをせずにはいられない心境になった。

それというのは、この二か月間、川田がパワーショベルの運転を兼務するようになってから、正男は責任感が強くなり、ブルドーザーの作業は出来得る限り、自分でやるという自覚を持つようになっていた。それと同時に、正男は今日のブルドーザーの積み込み作業を、今直ぐにも済まし、洋子の元へ飛んで行きたい気持ちにもなっていた。

それ故に、正男は焦燥感に駆り立てられ、沈着冷静な判断を失い、ブルドーザーのエンジンを起動させると、ブルドーザーとスクレーパーとの連結作業を、自分ひとりで始めようとしていた。その行為は、連結作業が完了していれば、直ぐにも出発が可能であり、それに、正男は川田に褒《ほ》めてもらいたい、そんな気持ちも充分にあったからである。

正男はブルドーザーのエンジンが起動すると、直ちに運転席に乗り込み、そこから数十メートルほど離れた、スクレーパーがある場所まで、ブルドーザーを走らせていった。

そして、その前の方へブルドーザーを一旦停めると、スクレーパーを連結させる為に、今度はブルドーザーを後退させながら、双方の連結部の位置を合わしていたが、それが何としても、旨く嚙み合わなかったのである。

正男は運転席から地面に飛び降りると、双方の連結部を合わせる為に、両手で太いバールを握り締め、そのバールに全体重を掛け、一生懸命になって、力任《まか》せにこじった。

その時である。全体重を掛けていたバールの先端が折れ、その瞬間、正男の身体はスクレーパーの真下に、真っ逆さまに転落し、仰向けの状態になって倒れてしまった。

その刹那《せつな》、スクレーパーの連結部を支えていた木台までが、その弾みで激しく横転し、重い鉄の塊で造られた連結部は〝ズシーン〟という大地を揺るがすような、不気味な大きな音を立てて、正男の胸部に落下してきたのである。

その途端「ギャー」という、正男の断末魔の声が、周囲に響き渡った。それは、ほんの一瞬の出来事であった。

するとﾞ、正男の胸部からは、生々しい鮮血がドクドクと流れ出し、あたり一面、真っ赤な血の海と化していった。

こんな無残な事故が発生していたにも拘わらず、朝もまだ早い、人里離れたこんな辺鄙《へんぴ》な場所では、誰かが救助に駆け付けてくれる望みなど、到底考えられなかった。

何と残酷な悲愴な事故であろうか。洋子は正男が迎えに来るのを唯一の望みとして、ひたすら待ち続けているというのに……。正男の身体は、次第に微動だにしなくなっていったのである。

正男の傍《かたわ》らには、主人を失った停止中のブルドーザーが、真っ赤な朝日を一杯に受け、何も知らぬとばかりに、僅かばかりの煙を出し、ドッドッドッドッと低い音を発しながら、何時《いつ》までも何時までもエンジン音を立てていた。

川田と森の二人が、この悲惨な事故現場へやって来たのは、それから凡そ一時間後の、午前七時頃になってからであった。

正男の胸部はスクレーパーの連結部の下敷きになり、殆ど手が付けられない、惨死《ざんし》の状態で発見された。その周囲一帯は血の臭いが漂い、血の海と化し、顔を背けたくなるような凄惨《せいさん》さをきわめ、余りにも衝撃的な惨状であった。

川田と森は直ちに乗用車を手配し、その乗用車に正男の身体を乗せ、御坊市内にある中央病院へ運んだが、殆ど手遅れの状態であり、息は疾《と》うに絶えていたのである。医師の診察によれば、死因は胸部破裂のため、出血多量により、死亡したという診断であった。

このようにして、正男は、この世を精一杯生き抜き、この世に未練を一杯残し、弱冠十九歳にして、遥か遠い黄泉《よみ》の国へ旅立って行ったのである。

一方、川田は森を病院に残し、乗用車へ再び乗り、先ず市内の郵便局へ立ち寄り、関係する各方面へ、正男の殉死を知らせる電報を発信し、その足で、昨日から洋子が預けられている、伊勢屋の元へと向かったのである。

やがて、乗用車は伊勢屋の前へ到着すると、川田は急いで車から降りたが、玄関のドアを開けることさえ躊躇され、黙然《もくねん》として玄関先の前に佇《たたず》んでいた。

それから少時して、川田は覚悟を決めると、

「ご免下さい、川田ですが……」

と言いながら、玄関のドアを静かに開けた。

すると、玄関先に現れたのは洋子であった。

「あれ！　今日は川田さん、お一人……。山本さんは、一体どうしたの？」

洋子は川田が一人で訪れたことに不審を抱き、開口一番、訝《いぶか》しげな表情で質問をした。

「……」

その瞬間、川田は顔面蒼白《そうはく》になり、目頭からは涙が込みあげ、その悲痛な思いに声が詰

まり、直ぐには言葉が出なかった。

洋子は川田の悲嘆に暮れる表情を見て、正男の境遇に、ただならぬ事態を察したのか、

「山本さんの身の上に、一体何があったの？」

と川田に向かって、急き立てるようにして尋ねた。

この時に、川田と洋子との間で会話をしているのを、この店の女将《おかみ》が聞きつけ、不安な表情で玄関先に姿を見せたが、この場の重苦しい雰囲気に、挨拶をすることさえ忘れていた。

川田は気持ちを静めていたが、覚悟を決めると、

「実を言いますと、山本は仕事中、不慮《ふりょ》の事故により、今朝の六時ごろ、不幸にして、亡くなりました」

と正男が殉死した事実を、赤裸々《せきらら》に報告した。

すると、洋子は川田からの報告を聞いた途端に、激しいショックを受け、落胆する余り、崩れるようにして女将の膝元に縋りつき、

「昨日は、あんなに元気だったのに、正男ちゃんが亡くなったなんて、うち、信じられへんわ。もう、うちの帰るところなんて、何処にもないんよ。余りにも残酷じゃあないですか」

と微かな声で不満を訴えると、堰《せき》を切ったようにして号泣した。

女将は自分の膝元に縋りつく、洋子の髪の毛を優しく撫でながら、

「山本さんが昨日ここへ来られた時は、あんなに元気だったのに、あの若さで不慮の事故で亡くなってしまうなんて、なんてお気の毒な方でしょうか……。うちは、山本さんが余りにも真面目な好青年であったから、うちの息子のように思っていたくらいですよ。川田さん、今回の事故の様子を、もっとよう、詳しく、説明をしてくれませんか？」

と涙に咽《むせ》びながら、川田に向かって頼んだ。

川田は、正男が不慮の事故により、死に到るまでの経緯について、その場その場の情景を、順に思い浮かべながら、悲しみを込めて説明をした。

その説明の過程で、川田は凄惨な事故現場に遭遇し、その周辺一帯が血の海と化した話に入ると、彼の目頭からは、止めどもなく涙が溢れ、その為に声は詰まり、言葉は途切れ途切れになり、思うように話せなかったのである。

女将と洋子の二人は、川田の話を嗚咽《おえつ》しながらじっと聞き入っていたが、川田の話が終わると、お互い身を寄せ合い、尚いっそう悲しみを込めて号泣した。

こうして、女将も一緒になって貰い泣きしていたが、暫くして、女将は気を取り直すと、洋子の肩を軽く叩きながら、

「川田さんが、車で迎えに来ているさかい、山本さんの処へ、はよう、行ってやんなは

れ」

と彼女に向かって急き立てた。

その後、洋子は女将に抱えられながら、玄関から出て来ると、足を引きずるようにして、外に停めてあった乗用車の座席へ、乗せられたのである。

すると、女将は車の外から、洋子の手を固く握り締め、涙に咽びながら、

「洋子ちゃん、気持ちをしっかり持って、何事にも挫《くじ》けずに頑張ってね。くれぐれも変な気持ちだけは、絶対に起こすんじゃあないよ」

と言って、激励と忠告の言葉を送った。

やがて、川田の運転する乗用車が走り出すと、女将は彼に向かって、

「うちらも、後から参りますから、くれぐれも宜しゅう、お願い致します」

と言いながら、深々とお辞儀をした。

こうして、川田が運転する乗用車は洋子を乗せ、御坊市内にある中央病院へ向かったのである。

それから暫くして、乗用車は中央病院へ到着すると、川田と洋子の二人は、担当の看護婦に案内され、病室の裏側にある安置室の方へ通された。

薄暗い安置室の中央にはベッドが置かれ、その上には正男の遺体が寝かされ、遺体の顔の上には白い布切れが被っていた。そして、その枕元には線香がたかれ、遺体の傍らには、

同僚の森と、明和建設の所長と敏江の三人が、首は項垂《うなだ》れ、黙然として座っていた。

安置室に入った洋子は、転げ込むようにして遺体に縋り付くと、両手で懸命になって、正男の遺体を揺らしながら、

「正男ちゃん、どうかお願いだから、うちの為に生き返ってちょうだい」

「うちだけ残して、なぜ、死んだの？」

「正男ちゃん、昨日、必ず迎えに来ると、約束したばかりじゃないの」

「これから先、うちは何を頼りにして、生きていけばいいの。うちの帰るところなんて、もう何処にもないんよ」

このように、洋子は堰《せき》を切ったようにして、次々に悲嘆の声を発しながら、人目を憚らず泣き崩れていた。

安置室にいた人たちは、洋子の悲嘆にくれる姿に同情し、誰もが共に貰い泣きしていたが、やがて、男たちは見るに忍びなくなり、安置室に敏江のみを残し、その場から順に立ち去ったのである。

それから暫くして、洋子は正男の顔に被われた布切れをそっと捲ると、息が絶えた正男の寝顔をじっと見詰めていた。

その時の正男の顔色は、未だ血色が良く、恰も健康な人が、昼寝をしているようにさえ思え、今にも話し掛けてくれるような、そんな錯覚さえしてしまったほどであった。

それ故に、洋子は何としても諦め切れず、その遺体に向かって、泣きはらしながら、

「どうか正男ちゃん、お願いだから、うちに声を掛けてちょうだい」

と激しく切望し、悲痛な声で懇願《こんがん》した。

しかしながら、それは洋子にとって、儚《はかな》い夢のまた夢のことであり、己の悲しく哀れな運命を恨み、目頭からは涙が止めどもなく溢れ、泣いて泣いて泣き抜いて、涙が涸れるほど泣きはらしていた。

斯くして、敏江は洋子の隣に座り、彼女を慰めていたが、何時しか正男を二人で看病した時の、懐かしい思い出を淡々と語り合っていた。

やがて昼も過ぎ、洋子が中央病院へ来てから、凡そ三時間ほど経過していた。

洋子の胸中は、正男のいない人生なんて考えられなくなり、かと言って、両親が決めた人と結婚をするなら、死んだ方がましだと思うようになり、次第に生きる気力を失っていった。

それ故に、洋子は自分の運命に失望し、生きることよりも、寧ろ死ぬことにより、あの世で正男と結ばれることを、真剣に考えるようになっていた。

こうして、洋子は自暴自棄になり、彼女の胸中は、次第に自殺する決意を秘め、先程から一人になるチャンスを窺っていた。ところが敏江とて、洋子の行動が何となく気掛かりになり、片時も離れないよう心掛けていた。

第十一章　永遠の愛

やがて、夕刻の四時頃になると、正男の遺体は御坊市内の寺院へ運ぶことになった。そして、葬式の準備は、敏江が勤務している明和建設が取り仕切ることになり、それは取りも直さず、彼女は急に忙しくなったのである。

それは敏江が葬式の準備の為に、安置室から立ち去った直後のことであった。

洋子は病院の裏門から抜け出ると、御坊市の町並みを通り抜け、閑散《かんさん》とした松林を通り、煙樹ケ浜海岸へ向かって足を進めていた。


一方、松本家では、八方手を尽くして洋子の行方を探し続けていたが、杳《よう》として見つけることが出来なかった。夫人が半ば諦めながら、娘の部屋の中を丹念に片付けていると、娘の貴重品入れの中から、何と封書の表面に、

「お父さま、お母さまへ、洋子より」と書かれた、一通の置き手紙が出てきたのである。

夫人は娘からの封書を手にすると、

「お父さん、洋子の部屋から、私ら宛に書いた置き手紙が出て来たわ」

と言って、夫が居る居間へ入って来た。

「なに、置き手紙が出て来たって！　どれ、わいが読むから出してみろ！」

夫は夫人から封書を受け取ると、その中に入っていた置き手紙の文面を、一気に読み始めた。

「お父さま、お母さま、長い間、大変お世話になりまして、本当に有り難うございました。

山本さんは、今の私にとっては片時も忘れられないほど、大切な人なのです。ですから、山本さんと一緒に暮らせるならば、どんな苦労にも耐える覚悟が出来ています。

この度、両親の折角の御厚意に背くことになり、婚約者の白石さんには、多大な御迷惑をお掛け致しますが、私は幼少の頃から、この被差別部落から逃げ出したいと思っていました。

山本さんの話では、東京は大勢の人たちが、地方から引っ越して来るから、この地方のような被差別部落なんて、全く無いと言っています。

何れにしましても、明後日つまり十一月の三十日の朝、私は天王寺行きの普通列車に乗り、山本さんと一緒に上京するつもりです。

然しながら、私が誠に申し訳ないと思っていることは、御両親に対して何一つ恩返しも出来ずに、生まれ育った家を、隠れるようにして去って行くことです。

私の身勝手な親不孝の数々をどうか、お許し下さいませ。いずれ東京の住所が落ち着きましたら、改めて御連絡申しあげます。ですから、私のことはもう心配なさらないで下さい。

それでは、お父さま、お母さま、呉々も御健康には十分に留意して下さい。さようなら

かしこ

洋子より」

お父さま、お母さまへ

娘の置き手紙を読み終わった夫は、娘の将来について色々と考え倦《あぐ》んでいた。すると、夫は娘の洋子に、御坊組を託《たく》していた気持ちも、今はもうすっかり諦めたのか、夫人の顔をじっと見詰めながら、

「洋子のやつ、わしらではどうにもならんほど、山本という男を、好きになってしもうたらしいのう。

だから、わしが二人のことを、何時までも反対していたら、洋子を益々不幸にするばかりだと、わしはやっと気付いたんや。こうなった以上、洋子のことを許さない訳にはいかんだろう……」

と弱々しい声で話し掛けた。

夫は置き手紙の文面を読んで、娘の気持ちが十分過ぎるくらい理解出来るのであった。

それは、自分が組長であるが故に、被差別部落の出身の悲哀を、嫌というほど思い知らさ

れ、身を以て経験しているからである。

それ故に、娘の将来を考えたら、寧ろ東京で暮らした方が、当人の為にも幸せであろうとさえ、考えるようになっていた。

「お父さん、洋子のことを、やっと許す気持ちになったのですね。うちもこれで、やっと安心したわ。

洋子は気持ちがしっかりしているさかい、東京での暮らしは、必ずや旨くやって行けますよ」

夫人は娘が望んでいた通りに叶《かな》えられ、ほっとしたのか、胸をなで下ろした。

「洋子は少し強情なところがあり、一度こうと決めたら、考えを変えんところが、わいとそっくりなんや。でも、東京での暮らしは、洋子は多分、苦労するに違いない……。まったく困ったもんだよ」

夫にとっては、目の中に入れても痛くないほど、そんな可愛い一人娘を手放すのであるから、娘を許してはみたものの、遠い東京へ行くことに一抹《まつ》の不安を抱いていた。

「山本との交際を、あんなに反対していましたから、お父さんが言っていたことを、洋子に聞かせてやったら、きっと飛び上がって悦ぶと思いますわ。ですから、明日は早く洋子の所へ行って、知らせてあげましょうよ」

夫人は娘の悦ぶ顔を思い出しているのか、顔に笑みさえ浮かべていた。

「そうやなあ、早く知らせてやらんと、洋子の文面によれば、明後日の朝方には、東京さへ行くと書いてあったから、明日にも洋子が書いた手紙を持って、山本さんのところへ行かねばならんのう……。それにしても、今こうして振り返ってみると、洋子には随分と可哀相なことをしたよ」

夫は娘と口論をした、遠い日のことを思い出しているのか、娘を哀れみ、涙さえ浮かべていた。

このようにして、長く続いた親子との間の嫌な確執《かくしつ》は、今夜限りで取り払われ、両親共々さばさばした気分になっていた。それ故に、松本家では明日の二十九日、必ずや、正男が寝泊まりしている宿舎へ、改めて訪問することを決めていた。

一方、洋子は煙樹ケ浜海岸へやって来ると、その海岸一帯は季節はずれなのか、人っ子ひとり見当たらず、ひっそりと静まり返っていた。

やがて、洋子は海岸線の付近までやって来ると、砂浜の上へ自分が履いていた左右の靴を揃え、海原《うなばら》に向くようにして並べた。

それから、洋子は両目を軽く閉じ、自宅の方角に向かって合掌すると、

「お父さま、お母さま、長い間、大変お世話になりました。うちは、恋しい正男ちゃんの死を知らされた時から、生きる望みを失いました。

うちは、あの世で正男ちゃんと添《そ》い遂《と》げるつもりです。どうか、うちの我儘をお許し下さい。それでは、いよいよ最期となりますが、お父さま、お母さま、健康には呉々も留意して下さい。

それでは、お父さま、お母さま、さようなら、さようなら、さようなら……」

と最期の別れの言葉を、彼女は振り絞るような声で、涙ながらに叫び続けていた。

斯くして、西の空の太陽は、今まさに沈みかけようとしていたが、その上空に浮かんだ雲は、あざやかな茜《あかね》色に染まり、その雲の表面には、正男の悲嘆にくれる顔が、幻影となって映し出されていた。

そして、上空を飛翔《ひしょう》していた数羽のカラスは、山の彼方《かなた》へいずこともなく消えて行く。

洋子は覚悟を決めると、真っ黒い海の中へ吸い込まれるようにして、一歩一歩ゆっくりした足取りで、遥か遠い沖を目指し歩き出した。

すると、洋子の姿は薄暗くなった海原に、ぼんやりと見え隠れしていたが、その姿も黒い波間に呑み込まれ、その海原には何も残らずに、悲しく消えていったのである。

遥か遠い沖の方には、航行中の汽船が洋子の死を悲嘆しているかの如く、寂しそうな悲しいドラの音を吹き鳴らし、あたり一帯に響かせながら進んでいた。

完

☆悲恋にくれる日高川

一、初めて逢ったその日から、俺はあの娘《こ》に恋をした
つぶらな瞳《ひとみ》の可愛い娘、仕事返りの夕暮れどき
霞棚引く日高川

二、あの娘に貰った恋文は、胸の動悸《どうき》が高鳴って
手紙を持つ手が震《ふる》えてた、可愛い面影思い出す
川面に浮かぶ日高川

三、今日は嬉しい二人のデート、逢ったところは道成寺
安珍さんと清姫の、悲しい恋のものがたり
悲嘆にくれる日高川

四、激しく燃える恋ごころ、熱い口づけ求めあう
二人の愛を確かめる、濡れた瞳がいじらしい
甘いムードの日高川

五、心の底から愛してる、貴方なしでは居られない
どんな苦労も致します、どうか私を捨てないで
恋に忍《しの》ぶ日高川

六、ブルドーザーのオペレーター、流れ流れの旅がらす
彼女の親は反対し、二人の愛を引き離す
侘《わび》しさ残る日高川

七、あんなに誓った仲なのに、今日は悲しい死の知らせ
これから一体どうするの、私も後から参ります
死出の旅路の日高川

以上

参考文献

『和歌山県の歴史散歩・新全国歴史散歩』（一九九一年九月十五日、山川出版社）
『各駅停車・和歌山県』（一九八一年六月三十日、集英社）
『旅行ガイドブルミエ・南紀』（徳間書店）（一九九二年七月三十一日、集英社）
『教師のための同和教育』横島　章（一九九五年七月五日、土曜美術社出版販売）

あとがき

この悲恋物語は、今から四十七年前の昭和二十九年ごろ、私は十八歳のとき、実際に和歌山県の日高川工事現場の築堤工事に従事したが、その体験を基にして書いたものである。その頃の築堤工事には、被差別部落民の協力が何としても必要であったから、そんな仕事の関係から、私たちは非常に親しくなっていった。

先輩などは、その部落に愛人までいたくらいであった。私のような若造は、その家では料理をご馳走になったり色々と面倒を見てもらった。そんな中で、私は被差別部落民たちの、貧困と差別を受ける暮らしを、具《つぶさ》に見ることが出来たのである。

それ故に、この悲恋物語は、ブルドーザーによる築堤工事に従事しながら、若い男女の悲恋に終わるプラトニック・ラブストーリーであるが、被差別部落つまり同和問題について、私が見聞きした体験談を、かなりのページ数を使って書いた。

この被差別部落は、身分制社会の持つ歪みの犠牲者であり、江戸幕府の初期に勢力の及ばなかった北海道及び沖縄県を除いて、全国各地到るところに存在していた。

その理由として、江戸時代の身分階層構造の特徴は、支配者である武士階級が僅か七％の少人数に過ぎず、八四％を占める農工商の住民を支配する構造になっていた。それは取りも直さず、武士が自分の十倍以上の農工商の住民を支配することになり、武士は、それを維持すること自体、無理であると判断をした。

従って、武士は武器となる刀を独占し、財政制度の安定、すなわち年貢米の確保を図るために検地や五人組制度を実行した。その上で、農民の不満を和らげる鎮め石の役割として、被差別部落を作ったのである。それ故に、被差別部落の設置形態は、農民とは心理的にも地理的にも隔離するよう工夫されていた。それが現在でも残る、心理的差別及び実態的差別のはじまりである。

構成の目的を顧みれば、被差別部落は全国各地に数多く作ることが必要であった。しかし、農民からの蔑視の対象となり、それに抵抗する力を起こさせないよう、人数は少なくしなければならなかった。

居住地は、農民のそれとは山や川ひとつほど離れた土地で、しかも農民の居住地よりも、明らかに不便であり、生活条件の悪い場所にあった。挙げ句のはて、狭い土地に小さい集落を形成していた。

農民との行き来は禁止されていたので、婚姻等の相手は、遠く離れた別の被差別部落から選ばなければならなかった。

このようにして、周囲の農民との社会的交流を不可能にすることが支配者の目的であり、それ故に、被差別部落は、周囲の農民とは微妙に異なる社会と文化をつくり、仲違いのまま孤立化し、その考え方が浸透していったのである。

こうした伝統的集落の出身であるが為に、陰日向《かげひなた》にわたって、身分的差別の扱いを受け、被差別部落の出身者は、進学・就職・結婚等の理由から全国各地に転出していった。その中には部落差別から逃れる為に転出した人もいると思われる。

現代のような、部落差別の残る現状に於いては、これら転出した人が、部落差別から完全に脱することは非常に難しく、出身地を知られることが、部落差別の原因になる可能性もあるので、出身地を包み隠して生きていかざるを得なかった。

出身地に誇りを持てれば、正々堂々と出身地を名乗って生きていけるのに、その行為が非常に難しく、自分が被差別部落出身であることを、包み隠して生きるのも、止むを得ないことであった。

さて、私が住んでいる栃木県の同和対策はどうであろうか。昭和三十年代頃の調査によれば、西日本よりは遥かに遅れていた。

被差別部落地区では、四市十七町村、六十三部落、二、七二八戸、一八、〇六二人となっており、これらの地区は、いずれも交通不便な辺鄙《へんぴ》なところが多く、生活程度の低い貧乏な家庭が多く、特に衛生面に至っては最悪の状態であった。

それから遅れて、二十三年後の昭和六十年には「栃木県同和地区実態調査」が実施された。

その調査によると、職業分類からみれば、農工業、生産工、技術工の割合が高く、専門的・技術的職業従事者、管理的職業従事者、事務従事者の所謂サラリーマン階層の割合が低く、就業状態に於ける常雇の割合、収入の程度、家族の学歴や健康状態等も、栃木県の平均以下であった。

平成十三年度に入り、小山市立文化センターでは、今年も予定通り、人権推進室主催による〝部落解放愛する会定期大会〟が五月十三日に、〝部落解放同盟栃木県連合会定期大会〟が五月二十六日に、それぞれ開催されたのである。

以上

早乙女　伸（さおとめ　のぶ）

昭和34年　東京電機大学電気工学科卒業
昭和34年～45年　㈱日興電機製作所
　配電盤および通信機器の検査業務
昭和45年～47年　東京鉄鋼㈱
　電機設備の維持管理
昭和48年～平成６年　㈱長崎屋
　店舗設備の工事および維持管理（北関東ブロック）
平成６年～平成12年　日泉総合管理㈱
　店舗設備の維持管理

同人誌クラブ（内容はエッセイ・自分史・小説・短歌・詩など）
　小山市の親睦団体、グループ「おもい川」の会員

著書『新装版　世界で初めて公害に挑んだ男』（東京図書出版　2018年）

新装版
日高川

2001年10月25日　初版発行
2018年11月9日　新装版第1刷発行

著　者　早乙女　伸
発行者　中田典昭
発行所　東京図書出版
発売元　株式会社 リフレ出版
〒113-0021　東京都文京区本駒込 3-10-4
電話 (03)3823-9171　FAX 0120-41-8080
印　刷　株式会社 ブレイン

ISBN978-4-86641-196-5 C0093
Printed in Japan 2018

ご意見、ご感想をお寄せ下さい。

［宛先］〒113-0021　東京都文京区本駒込 3-10-4
東京図書出版